Férias Infernais

Obras publicadas pela Editora Record:
Formaturas infernais
Amores infernais
Beijos infernais
Férias infernais

Cassandra Clare
Libba Bray · Maureen Johnson
Claudia Gray · Sarah Mlynowski

Férias Infernais

Tradução de
ALDA LIMA

1ª edição

— **Galera** —
RIO DE JANEIRO

2015

CIP-BRASIL. CATALOGAÇÃO NA FONTE
SINDICATO NACIONAL DOS EDITORES DE LIVROS, RJ

F393   Férias infernais / Libba Bray... [et al.] ; tradução Alda Lima. -
1ª ed. - Rio de Janeiro: Galera Record, 2015.

Tradução de: Vacations from hell
ISBN 978-85-01-09082-9

1. Férias – Ficção. 2. Sobrenatural – Ficção. 3. Ficção americana.
I. Bray, Libba. II. Lima, Alda.

10-5521

CDD: 813
CDU: 821.111(73)-3

Título original em inglês:
Vacations from hell

"Cruzeiro" copyright © 2009 by Sarah Mlynowski
"Não gosto da sua namorada" copyright © 2009 by Claudia Gray
"A lei dos suspeitos" copyright © 2009 by Maureen Johnson
"A casa dos espelhos" copyright © 2009 by Cassandra Clare
"Nenhum lugar é seguro" copyright © 2009 by Libba Bray

Publicado mediante acordo com *HarperCollins Children's Books*, uma divisão de HarperCollins Publishers.

Texto revisado segundo o novo Acordo Ortográfico da Língua Portuguesa.

Todos os direitos reservados. Proibida a reprodução, no todo ou em parte, através de quaisquer meios.

Design de capa: Sergio Campante

Direitos exclusivos de publicação em língua portuguesa somente para o Brasil adquiridos pela
EDITORA RECORD LTDA.
Rua Argentina 171 – Rio de Janeiro, RJ – 20921-380 – Tel.: 2585-2000, que se reserva a propriedade literária desta tradução.

Impresso no Brasil

ISBN 978-85-01-09082-9

Seja um leitor preferencial Record.
Cadastre-se e receba informações sobre nossos lançamentos e nossas promoções.

Atendimento e venda direta ao leitor
mdireto@record.com.br ou (21) 2585-2002

EDITORA AFILIADA

Sumário

Cruzeiro
SARAH MLYNOWSKI
7

Não gosto da sua namorada
CLAUDIA GRAY
45

A lei dos suspeitos
MAUREEN JOHNSON
91

A casa de espelhos
CASSANDRA CLARE
153

Nenhum lugar é seguro
LIBBA BRAY
199

Cruzeiro

SARAH MLYNOWSKI

— Protetor solar? — pergunta Liz para mim.
— Aqui.
— Chapéu?
— Aqui.
— Óculos de sol?
Aponto para eles no alto da minha cabeça.
— Estou pronta. Podemos ir?
— Biquíni?
— Hum...
— Kristin, você *está usando* o biquíni azul que a gente comprou semana passada?
— Bem...
Ela se debruça na cama, levanta minha camisa e solta um arquejo:
— Não. Você *não* vai usar esse maiô marrom horroroso. Não tem permissão para usar nada que tenha comprado antes de me conhecer, tá? — Liz já está com um biquíni branco mínimo, se *é* que se pode chamar de biquíni dois fios prendendo três triângulos.
— Mas vou me queimar — reclamo.

— Não vai. É por isso que compramos protetor solar fator 100 ou sei lá qual. Não seja criança. Vista seu biquíni novo pra gente subir logo ao convés.

Sinto enjoo — e não é por estar enfurnada numa cabine estreita de um cruzeiro. Apesar de ter certeza de que isso também não está ajudando.

Estou feliz por estar aqui — é claro que estou —, mas também um pouco nervosa. Nunca estive num cruzeiro. E se eu ficar enjoada no mar? O navio nem saiu do porto e já está tombando de um lado para o outro como uma cadeira de balanço ligeiramente bêbada. E se ele virar num ângulo louco e eu cair no mar? E se bater num iceberg e a gente for parar no fundo do oceano?

Até o nome dele — *Cruzeiro para lugar nenhum* — soa assustador. Supostamente o chamaram assim porque não estamos indo para nenhum lugar específico; vamos apenas navegar por águas internacionais durante três dias e três noites, e depois zarpar de volta a Nova York. Ainda assim. Parece sinistro. Se eu estivesse na direção de marketing do cruzeiro, daria o nome de *Viajante dos mares* ou *Extravagância oceânica*, ou então algo que não lembrasse *Beco sem saída*.

Mas essa é só minha opinião.

OK, não estou só com medo de cair do navio.

Estou realmente nervosa porque... Tudo bem, vou dizer. Nesta viagem, neste *Cruzeiro para lugar nenhum*, tenho um objetivo. Vou fazer aquilo.

Sim. Está na hora. Minha *primeira* vez.

Argh. Não acredito que vou fazer *aquilo*.

— Tem certeza sobre o biquíni? — pergunto, insegura.

Nem me dou o trabalho de olhar no espelho. Já sei como sou. Peitos médios, cabelo castanho-claro na altura dos ombros, nem comprido nem curto demais. Simplesmente me chame de Normal. Mediana, mediana, mediana. Mas meus olhos são maneiros. Isso, eu admito. Eles são meio verdes e castanhos e azuis. Um redemoinho.

— Kristin, se você usar esse maiô pavoroso, vai ter zero por cento de chances de arranjar alguém. Menos de zero. Menos um por cento.

Sabe, essa é a outra questão. Não tenho bem um candidato em mente para o grande evento. Primeiro passo: achar um cara. Segundo: conquistá-lo. Terceiro: fazer aquilo.

Sem pressão nem nada. Respiro fundo.

Exceto por um detalhe: que garoto olharia para mim com Liz deitada na espreguiçadeira da piscina ao meu lado? Liz, com seu biquíni de lacinho branco, cabelo ruivo ondulado até a cintura e pernas mais compridas que o meu corpo inteiro. Ela é a Pequena Sereia em pessoa. Aposto que ficaria bem se o navio desse uma de *Titanic*. Ela balançaria seus cabelos, e 12 caras desistiriam de seus botes salva-vidas para resgatá-la.

Abro minha mala.

— Tudo bem, vou trocar.

— Depressa. Quero estar lá quando o navio...

Antes de ela terminar a frase, o chão se move. Olho pela janela e por cima da nossa varanda e vejo o píer se afastando.

Meus joelhos estão tremendo. É isso que chamam de pernas de marinheiro? Ou talvez eu só esteja nervosa com o que está prestes a acontecer...

De acordo com o mapa em nosso quarto, este navio tem 12 andares. Doze andares! Não é muito louco? Talvez navios não sejam tão ruins quanto eu imaginava. Na verdade, talvez fique aqui para sempre. Tem um spa, um salão de beleza, uma academia, uma biblioteca, trilhões de quartos, uma dúzia de restaurantes. Quatro piscinas. Do que mais você precisa?

Uma garota da nossa idade já está no elevador quando entramos. Ela é loira e pequena, e sua pele está avermelhada, como se tivesse acabado de ser esfoliada.

— Oi — cumprimenta Liz com um grande sorriso. — Está indo para a piscina no décimo segundo?

Liz fala com todo mundo. Ela não tem medo. Eu, em compensação, sinto como se tivesse engolido cem borboletas quando tenho que falar com um estranho.

A garota assente.

— Vou. Dizem que o décimo segundo andar é o melhor. É todo ao ar livre. E estou precisando me bronzear imediatamente.

— Também estou meio pálida — responde Liz. — Então, o que está achando do navio?

— Legal. É meu primeiro cruzeiro.

— Meu também — solto. Não dói ser um pouco mais destemida.

— Está aqui com sua família? — pergunta Liz.

A garota brinca com as pontas de seu rabo de cavalo.

— Sim. Estou aqui com minha mãe maluca. Ela já tomou quase um vidro de analgésicos e desmaiou. Provavelmente vai passar os quatro dias inteiros dormindo. Era para ela estar nesse cruzeiro com o namorado novo, mas ele terminou com ela semana passada. Não que eu o culpe.

Nossa, foi bastante informação. Liz e eu nos entreolhamos, mas depois voltamos à garota.

— Pelo menos você ganhou um cruzeiro com isso — argumento.

Ela bufa.

— Que sorte! É uma péssima época para cruzeiros. Vocês leram o *National Eagle* dessa semana?

Liz faz que não com a cabeça:

— Não leio tabloides.

Nem eu. Tudo bem, às vezes leio.

— Por quê? O que está dizendo?

— Vocês se assustam com facilidade?

— Sim.

— Então, provavelmente, é melhor eu não contar.

As portas se abrem. Ai. Incrivelmente claro. Sorte que tenho meus óculos anti-UV, antirreflexo, anti-qualquer-luz-que-tente-passar-por-essas-lentes-seus-otários. Preciso proteger meu melhor atributo. Deslizo os óculos para cima no nariz e ajeito meu novo e fofo chapéu de palha.

Observamos o cenário. Tem uma piscina retangular imensa e cintilante, dois bares bregas de teto de palha e um restaurante no terraço à beira da piscina. O convés está lotado.

— Que tal lá perto da parte funda? — pergunto, apontando algumas cadeiras listradas de azul e branco vazias.

— Vem sentar com a gente. — Liz convida a nova garota.

— Obrigada — responde ela, sorrindo. — Se têm certeza de que não se importam. Sou Hailey.

Nós nos apresentamos enquanto Liz pega três toalhas pêssego-claras de uma cesta e reivindica as cadeiras vazias.

— Vocês estão com seus pais? — pergunta Hailey, remexendo na bolsa.

Ela pega os óculos gigantescos e o *National Eagle*. Não consigo parar de imaginar sobre o que é a tal história. Será que quero mesmo saber?

— Só nós duas — diz Liz, deitando-se na espreguiçadeira.

— Uau! Vocês são irmãs? — pergunta Hailey.

— Mais ou menos — responde Liz.

Dou uma risada.

— Pelo menos em espírito.

— E isso foi um presente de formatura ou algo do tipo?

— Exatamente — responde Liz.

— Que sorte!

Ainda não, mas estou planejando. Só que qual é a grande e assustadora história que Hailey não contou?

— Então, conta para a gente o que está escrito no jornal sobre cruzeiros.

— Vou contar, mas não me culpe se não conseguir dormir esta noite. Está dizendo: "Vampiros atacam navios de cruzeiro." Não é loucura?

— Sim — digo.

O navio balança levemente, e sinto um aperto no estômago.

— Pois é, né?

Liz zomba:

— *Alô*, é o *Eagle*, pessoal. É pior que o *Enquirer*. Não é verdade.

— Podia ser — diz Hailey.

Eu me endireito na cadeira.

— Espera, o que estão dizendo exatamente?

— Que pessoas têm sumido de cruzeiros nos últimos seis meses. Estão dizendo que é culpa dos vampiros.

— Hum, e eles sabem que vampiros não existem? — pergunto.

— Aparentemente não.

Balanço a cabeça.

— O *Eagle* deve estar com sérios problemas financeiros.

— Nunca se sabe — comenta Liz. — Talvez vampiros estejam matando pessoas em cruzeiros. Quem sabe se é verdade ou não?

Chuto levemente a parte de trás da perna dela.

— Ou talvez algum psicopata tenha sequestrado uma garota que tomou algumas vodcas a mais e a jogou para fora do navio antes de alguém notar que ela havia sumido — sugiro.

— É, deve ter sido algo assim — diz Hailey, folheando o jornal.

— Ou Bloody Marys — brinca Liz.

— Ouvi dizer que acontece mais do que é divulgado. É por causa de algo nas leis de águas internacionais. É mais difícil processar os criminosos — explica Hailey.

— Ou achar os corpos — acrescenta Liz.

— Que horror — digo, arrepiada. Envolvo as pontas da toalha nos braços.

Os olhos de Hailey estão arregalados.

— Eu é que não vou ficar andando sozinha à noite, pode ter certeza.

— Nós vamos manter os caras maus a distância — promete Liz, e então vira de barriga para baixo.

Fecho os olhos. Hora de descansar.

Ahhhh. A brisa do oceano em meu cabelo, a água rugindo bem perto, o sol brilhando ao meu redor. Adorável. Perfeito.

Estou quase pegando no sono quando uma sombra cruza meu caminho.

Abro um olho para ver o que está havendo, e o outro prontamente se abre também.

Alô, você.

É um garoto. Um garoto bonitinho, da minha idade, talvez 17 anos. Parado entre meus pés recentemente feitos e a piscina. Está usando um bermudão xadrez preto e cinza, tem cabelo curto e loiro e braços sexy e definidos.

Poderia ser ele?

Com um movimento suave, o cara mergulha na água, sumindo da minha frente sem nem um respingo para me refrescar.

Aonde ele está indo? Volta, garoto de xadrez, volta aqui!

— Mergulha — fala Liz para mim, apoiando-se nos cotovelos.

— O quê? — pergunto, ligeiramente em pânico.

— Gostou dele, não gostou? Ele é meio gostosinho, né?
— Eca. Nem o conheço!
— Gostou do que viu, não foi?
— Acho que sim — respondo.
— Então mergulha.

Hesito. E se, quando mergulhar, eu engolir duzentos galões de água cheia de cloro e perder a parte de cima do biquíni?

— Se quer alguém, precisa correr atrás.
— Eu sei, mas...

Hailey levanta os olhos de seu jornal e olha o Garoto de Xadrez, que agora estava dando voltas na piscina.

— Ele *é* bonitinho, Kristin — diz ela. — Vai lá.

Liz sorri para mim como se dissesse: "Viu? Até a garota que a gente acabou de conhecer concorda."

Suspiro. Ela tem razão. Sei que tem. Diferente de mim, ela sabe o que está fazendo. Diferente de mim, já fez isso antes. Muitas, muitas vezes.

Mas... não quero parecer idiota. E se ele me der um fora? E se tiver namorada? E se tiver uma esposa? E se tiver filhos? Tá bom, ele parece meio novo para ter esposa e filhos, mas e se...

Liz suspira.

— Kristin, olha como se faz.

Em um gracioso movimento, ela tira os óculos, a saída de banho e o iPod, e mergulha fundo, sem nenhuma agitação.

Ela emerge como uma supermodelo, o cabelo brilhando e os ombros para trás, exibindo seu minúsculo biquíni. Está bloqueando o caminho do Garoto de Xadrez.

Ele nada bem para cima dela. Levanta a cabeça, remexendo-se na água e tossindo.

— Mil desculpas — ronrona Liz. — Precisa de respiração boca a boca?

Hailey ri.

O olhar do Garoto de Xadrez revela que ele adoraria um boca a boca, muito obrigado.

— Foi mal. — diz ele. — Tenho que aprender a prestar atenção para onde estou indo.

— Não sei se posso aceitar suas desculpas — retruca ela, lentamente. — Vai ter que me pagar um drinque para compensar.

— Faço o que for preciso — diz o Garoto de Xadrez, piscando rapidamente, mal acreditando em sua sorte. Eles nadam na direção do bar da piscina.

— Nossa! — diz Hailey.

— Ela é mestre — respondo.

— Mas ela não tem 21 anos! Como consegue beber?

— Liz tem seus métodos.

— Ela roubou seu garoto. Você deveria ter dito que viu primeiro.

Dou de ombros.

— Existem outros peixes no navio.

Uma hora depois, Liz desfila de volta até nossas cadeiras.

— Como ele é? — pergunto.

Ela passa os dedos pelo cabelo úmido.

— Quem, Jared? Nada mal. Ele se ofereceu para me pagar um almoço. Falei que talvez o encontrássemos depois.

— Ele tem algum amigo bonitinho? — pergunta Hailey.

— Não perguntei, mas esta aqui que é nossa prioridade neste fim de semana — observa Liz, apontando para mim. — Ela precisa cuidar de um probleminha.

— Que tipo de probleminha?

Meu rosto fica quente, e não é por causa do sol.

— A virgindade dela — responde Liz com um meio sorriso.

— Ah, não faça isso — diz Hailey. — Eu queria ter esperado. Perdi no outono passado, no começo do primeiro ano, com um completo idiota. Ele contou para a escola inteira.

— Babaca — digo.

— Então, confie em mim, não se apresse. Espere por alguém por quem esteja loucamente apaixonada.

— Não dê ouvidos a ela — interrompe Liz. — Vai ser intimidante demais fazer com alguém por quem esteja perdidamente apaixonada.

— Talvez — diz Hailey, hesitante. — Se fizer com um estranho qualquer, pelo menos não vai importar para quem ele possa contar. Não é como se vocês conhecessem as mesmas pessoas. Já chegou perto de perder?

— Uma vez — admito.

— O que aconteceu?

Hesito.

— Era um garoto chamado Tom. Achei que fosse acontecer. Estava no quarto dele. Seus pais não estavam em casa. E eu estava quase lá quando...

— Quando o quê?

— Perdi a coragem. E saí correndo.

— Ele deve ter amado isso. — Hailey ri.

— Tenho certeza de que ele superou — digo. — Não que eu o tenha visto novamente. Foi melhor para nós dois, eu diria.

— E quanto a você? — pergunta Hailey para Liz. — Quando foi que perdeu?

Ela balança a cabeça.

— Parece que foi há uma eternidade. — Dá de ombros. — Quem se lembra?

Hailey alonga os braços acima de sua cabeça.

— É melhor eu dar uma olhada na minha mãe. Para ter certeza de que ela não se jogou do navio.

— Ou de que não foi atacada por vampiros — completa Liz, piscando.

Hailey ri.

— Vocês estarão por aí mais tarde?

— Sim — digo.

— Legal.

— Vamos ao cassino — acrescenta Liz, reclinando-se novamente em sua espreguiçadeira. — Encontre a gente às nove.

— Ótimo. Valeu.

— Espera. Hailey? — chamou. — Já terminou de ler o *Eagle*?

— Já. Quer ler?

— Quero, se não se importar.

Ela joga o jornal na minha cadeira.

— Divirta-se.

Liz ri baixo enquanto abro o jornal.

— Não tem graça — digo, lendo os detalhes. — Diz aqui que foram *sete* desaparecidos em seis diferentes cruzeiros no ano passado. Duas pessoas boiavam na água, sem nem uma gota de sangue. Sem nem uma gota de sangue! Não fica nem um pouco preocupada?

— Dá um tempo. É o *Eagle*. Alô, vampiros não existem, lembra? De qualquer forma, você está apenas desviando sua ansiedade do que realmente está te apavorando.

— E o que é?

Ela me lança um olhar penetrante.

— Você sabe. Perder aquilo.

— Obrigada, doutora, mas não quero mais falar nesse assunto. — Eu me viro na espreguiçadeira, ficando de costas para ela.

— Está com fome? — pergunta Liz, alguns minutos depois.

— Não — respondo, ainda zangada.

— Deixa de ser criança. Estou faminta. Vou pegar alguma coisa pra gente comer. Deixe-me achar Jared.

— Hailey disse que eu deveria ter dito que vi primeiro.

— Ele é todo seu se quiser.

— Não, vai em frente. Não quero caridade. Vou achar meu próprio cara. — Respiro fundo o ar marítimo. — Prometo.

Liz e eu encontramos Hailey no cassino mais tarde naquela noite, ao lado de um caça-níqueis do James Bond. Será que se eu colocar uma moeda vai sair um espião lindo lá de dentro?

— Vocês duas estão incríveis — diz Hailey.

— Você também — respondo.

Ela parece mesmo muito bonita num simples vestido preto de algodão.

— Ah, por favor, vocês parecem estar indo a uma festa de gala em Manhattan, e eu, para uma festinha de escola. — Ela admira o tomara que caia roxo que Liz me forçou a vestir e o glamoroso vestido de Liz, decotado nas costas. — Posso atacar o guarda-roupa de vocês?

— Quando quiser — responde Liz, ajeitando a tira do sapato. — Que cheiro bom! Que perfume é esse?

Hailey sorri.

— Obrigada! É chamado Parfum de Vie.

— Muito gostoso.

— Como está sua mãe? — pergunto.

— Desmaiada. É tão patético. — Ela revira os olhos e endireita os ombros. — O que vocês querem fazer? Jogar? Dar uma olhada por aí? Achar uns gatinhos? Matar vampiros?

— Topo as três primeiras — responde Liz, olhando ao redor do salão. — Vamos começar pelo bar.

Quando chegamos lá, um barman muito mais velho do que a gente, mas ainda muito gato, pergunta o que queremos beber. Liz ronrona seu pedido por cima do balcão, mostrando mais o decote.

Ela vira de volta para a gente e murmura:

— Vi primeiro.

— Ele tem idade para ser seu pai — comenta Hailey.

— Gosto de homens maduros. Eles têm um cheiro melhor. São como vinho antigo. — Ela ergue sua taça em direção às nossas, e brindamos.

Enquanto abaixo a minha, eu o vejo.

Ele.

Sei logo de cara. É ele. É perfeito.

Parado ao lado da mesa de blackjack.

Se eu tinha achado o Garoto de Xadrez bonitinho, esse é de um nível totalmente diferente. Nota dez em beleza. Ele é maravilhoso. Alto, cabelo escuro e brilhante, maçãs do rosto esculpidas, ombros de jogador de futebol americano. Ao contrário do Sr. Barman, ele não pode ter mais do que 22 anos. E está usando smoking.

Sério.

Quem precisa de uma moeda? Acabei de achar meu próprio James Bond. E um das antigas, de cabelo escuro. Uma salva de palmas para mim.

— Vi primeiro — sussurro.

Liz aperta meu ombro.

— Mandou bem.

— Estou apaixonada — digo.

— Estou vendo — comenta ela. — Seca o queixo. Você babou.

— Cadê? Cadê? Me mostra! — diz Hailey, pulando no mesmo lugar.

— Não seja tão óbvia — aviso a ela, balançando meus cabelos da maneira mais indiferente. — Olha para a mesa de blackjack.

Ela oh-tão-casualmente gira 180 graus.

— Ooooh. Ele é sexy. Vai atrás dele!

Eu me atrapalho com o vestido.

— Como? O que eu faço?

Hailey vira para Liz.

— É, diz para a gente o que fazer. Como sabia o que fazer para conseguir aquele menino na piscina? Cadê ele, aliás? Vai encontrá-lo?

Liz dá de ombros.

— Não. Acabou. Ele era chato.

Hailey ri.

— Acho que você já achou alguém novo. Conta seus segredos para a gente seguir seus passos, vai?

Ela gesticula para nos aproximarmos mais.

— É tudo atitude. Ele precisa saber que você se acha isso tudo. Se você se achar, ele também achará. Mas ser isso tudo não significa "Sou melhor que você". Significa: "Sou maravilinda e você também, então talvez a gente se mereça."

— Maravilinda? — repito.

— Sim — assente ela enfaticamente. — Totalmente maravilinda.

— Posso fazer isso — diz Hailey. — Posso ser totalmente maravilinda. Que mais?

— Só isso.

— Só preciso disso pra arranjar um namorado? — pergunta Hailey.

Liz sorri ironicamente.

— Namorado? Quem quer um namorado? Isso é para arranjar uma ficada. — Ela esfrega meus ombros de novo. — Então, está pronta?

— Sim — respondo, enquanto faço que não com a cabeça.

— Vai jogar ao lado dele. Tem um lugar vazio.

— Mas não sei as regras — choramingo.

Ela me passa uma ficha preta.

— Tente somar 21.

— Hã? Vinte e um o quê?

Quando ela gargalha, respiro fundo e vou até o banco vazio. *Posso fazer isso.*

— Este lugar está ocupado? — pergunto com uma infeliz voz anasalada.

Ele vira a cabeça para o lado e abre um sorriso de cegar qualquer um.

— Não. É todo seu.

Coloco cuidadosamente uma ficha na mesa de feltro.

— Está tendo uma noite boa? — pergunto, tentando parecer um pouquinho mais sofisticada e sedutora. Em outras palavras, pareço estar com faringite.

— Estou. Meu amigo acabou de se casar no salão de jantar — diz ele. — Eu já estava cansado de dançar, então fugi para cá por um tempo.

Isso explica o smoking.

— Maravilindo — digo.

— Como?

— Ah, hum... Bom casamento. Você parece muito novo para ter um amigo se casando.

— Ah, ele é maluco. Amigo de faculdade. Sabe como é. Em qual faculdade você estuda?

— NYU — minto instantaneamente. Por que não? Não é como se ele um dia fosse descobrir.

Ele assente, acreditando.

— Estou na Penn. Ei! — diz ele, chegando mais perto de mim e colocando a mão em meu braço.

Um choque corre pelo meu corpo. Ele está tão perto que sinto o cheiro de loção pós-barba em seu pescoço.

— Você tem olhos muito maneiros — comenta, lentamente, enquanto observo sua boca pronunciando as palavras.

— Obrigada — respondo, mal respirando.

O crupiê nos interrompe distribuindo duas rodadas de cartas para os quatro da mesa.

James Bond larga meu braço e se senta de volta em seu lugar.

Suspiro.

Olho fixamente minhas cartas. Um oito e um valete. Não faço ideia do que isso significa. Tento sorrir para James, que parece já estar cheio de mim e totalmente escravizado por suas cartas.

— Senhorita? — chama o crupiê.

— Sim? — pergunto.

— O que gostaria de fazer?

Olho para minha mão. Não tenho ideia.

— Mais uma carta?

Sr. Bond me olha, chocado:

— O quê? Por quê?

Tarde demais. O crupiê me dá um quatro de espadas e declara que estou fora.

Oops.

Não estou mais me sentindo tão maravilinda neste momento. Estou mais para imbecil.

— O que aconteceu? — grita Liz quando volto de mãos vazias, em todos os sentidos. Sem fichas, sem garoto.

— Perdi tudo. Não tinha a menor ideia do que estava fazendo!

— Por que não pediu para ele ajudar você?

— Como alguém pede ajuda se está tentando parecer maravilinda?

Ela joga o cabelo para trás dos ombros.

— Você pode ser maravilinda mesmo sem saber jogar blackjack.

— Bem, o crupiê tinha um ás e um valete, então, aparentemente, ele ganhou. Mas antes...

Liz aperta meu braço.

— O que aconteceu com o garoto?

Suspiro.

— Ele disse que me via por aí e desapareceu. Desisto. Vou ficar vendo televisão na cama.

Liz ajeita seu vestido.

— Vou ficar com o barman. Acho que não vai dar para levá-lo ao nosso quarto, então.

— Desculpe.

— Não tem problema. Encontro outro lugar para ir.

— Evite o convés — diz Hailey a ela.

Liz pisca.

— Não me espere acordada.

— Ela é mestre — observa Hailey, e faz para Liz uma pequena reverência.

E eu sou a pior pupila de todos os tempos.

* * *

— Por que ele não está aqui? — Penso alto.

Liz boceja.

— Porque são nove da manhã. A gente precisava mesmo chegar tão cedo? Somos as únicas na piscina.

— Não quero que ele desapareça de novo.
— Ele não tem para onde ir. Está preso neste navio.
— Desde que um vampiro não o tenha pegado e o jogado em alto-mar — digo, esticando as pernas para a frente. — Hailey vai nos encontrar por volta das onze.
— O que você acha dela? — pergunta Liz.
— Gosto dela — respondo. — E você?
— Tem alguma coisa estranha nela. Eu gosto.
— Talvez seja uma vampira.
— Ela *não* é uma vampira — rebate Liz.
— Ela é pálida. Bom olfato. Está viajando sozinha.
— Ela está aqui com a mãe — lembra Liz.
— Isso é o que ela diz.
Liz fecha os olhos e os abre novamente.
— Estou com fome. Quer alguma coisa para comer?
— Hum, não, obrigada. Ainda estou cheia do seu presente da meia-noite. Obrigada por me trazer aquele lanche do bar, aliás.
— Tudo bem, vejo você depois então. — Ela sopra um beijo para mim e sai desfilando.

Não me importo de ficar um minuto sozinha. A brisa está nos meus cabelos; o céu, azul-claro — é um dia perfeito.

O que poderia ser melhor?

James. Ver James podia melhorar ainda mais o dia. Sim, sei que o nome dele não é realmente James Bond, mas posso chamá-lo como quiser. Suspiro e fecho os olhos. Existem vários outros caras que poderiam ser o primeiro. Mas havia alguma coisa em James... Ele seria perfeito. É ele! Meu primeiro! É claro que ele ainda não sabe disso. Nem sabe meu nome. Nem eu sei o dele. Na verdade, não sei quase nada sobre ele, com exceção de que estuda na Penn e fica lindo de smoking.

Sei que ele é perfeito.

Tenho que encontrá-lo.

Às onze horas, Hailey já está sentada ao meu lado. Ao meio-dia, Liz volta com o cabelo desgrenhado e um sorriso safado no rosto.

— Por que demorou tanto? — pergunto.

Ela pisca.

— Bem que você gostaria de saber.

Duas da tarde e nada de James nessa piscina. Decido procurá-lo pelo navio.

— Me pergunto onde ele possa estar.

Se ele não vem até mim, eu é que vou ter que ir até ele.

— Alguém quer procurar James comigo?

— Óbvio — responde Liz, calçando seus chinelos.

Nós três pisamos no convés.

— Vamos ver — começa Liz. — Existem mais três piscinas no navio. Em qual delas ele estará?

— Vamos começar por cima — sugere Hailey.

Tentamos primeiro na piscina do décimo primeiro andar. Piscina de criança. Nada de James.

— Pelo menos sei que ele não tem filhos — digo. Viu só... agora sei três coisas sobre ele.

Em seguida tentamos na do décimo andar. É a piscina olímpica, comprida e retangular e tem um monte de sarados profissionais dando voltas nela.

Nada de James. Nada de sol também, considerando que era tudo coberto. Coloco os óculos escuros no alto da cabeça.

— Gostei dessa piscina — diz Hailey, olhando para os caras musculosos se exercitando. — Podemos voltar aqui depois?

— Ficar olhando para eles cansa demais — comenta Liz. — Próxima!

Última piscina, nono andar. Saímos do elevador e...

Aimeudeus.

— Lá está ele! — exclamo, apontando. James! Em carne e osso! Na hidromassagem! Ah! Embora fosse coberta, ele usava óculos de sol aviador, segurava uma cerveja e estava tão lindo quanto eu lembrava, sentado ao lado de uma garota e...

Uma garota. Quem é essa garota e por que ela está atrás do meu homem? Só eu posso ficar atrás do meu homem.

A garota dá risadinhas de alguma coisa que James está falando: uma risadinha aguda, estridente e irritante. Uma risadinha que me faz querer matá-la.

A mão dele está no ombro dela.

— Buuuuu — solto. — Acho que meu namorado já tem namorada.

Pisoteio fortemente o deque com minhas sandálias.

— Você é mais bonita — diz Hailey.

Liz assente.

— Pode ganhar dela.

Balanço a cabeça.

— Posso achar um cara solteiro. Não preciso roubar o namorado de ninguém.

— Não é uma namorada — diz Liz. — É uma garota qualquer que ele está paquerando. Eu a vi noite passada no cassino com um grupo diferente. Na hora do jantar, ela já vai ter virado história.

— Você acha? — pergunto esperançosamente.

— Prometo — diz ela.

Nós nos dividimos no fim da tarde: Hailey diz que precisa de uma soneca, Liz vai para a academia, e eu vou para o spa. Nos encontramos para o jantar e um pouco de YMCA na boate. Mais tarde, achamos James Bond novamente no bar do cassino.

As boas notícias: Liz estava certa — a garota daquela tarde não estava nem por perto.

As más notícias: ele está com duas garotas novas. Sorri para ambas, os dentes brilhando contra a pele pálida.

Suspiro.

— Próximo — sussurra Hailey.

— Mas ele é tão perfeito — digo. — Olha só para ele.

— Kristin, você não pode simplesmente ficar com alguém que já ficou com duas pessoas em tão poucos dias — observa ela, balançando a cabeça. — Isso é vulgar. Sem ofensas, Liz.

— Não ofendeu — responde Liz alegremente.

— Não é que eu queira um relacionamento profundo e significativo — balbucio.

— Mas ele é nojento. O que aconteceu com a garota da hidromassagem? Ele já se esqueceu completamente dela?

O braço dele está gentilmente tocando as costas de uma das garotas, a que está usando frente única cor-de-rosa. A outra, com um coque apertado, está girando no banco do bar, parecendo entediada e irritada. Ela cochicha alguma coisa para a Srta. Frente Única Cor-de-Rosa e vai embora.

— Ótimo. Agora os pombinhos estão sozinhos. — Atiro as mãos para o alto. — Desisto!

— Vamos tomar sorvete — sugere Hailey. — Estão distribuindo no salão de jantar. Aposto que há caras melhores lá. Que não pareçam tão convencidos.

— Mas gosto de caras convencidos — digo, triste.

Voltamos ao lobby.

— Vocês duas vão na frente — pede Liz. — Preciso falar com uma pessoa.

— Seu amigo da noite passada? — pergunta Hailey, maliciosamente.

Liz dá uma piscadela.

Vamos tomar sorvete. Hailey pega duas taças: uma para ela e outra para sua suposta mãe.

— Não que ela vá comer — diz Hailey. — Provavelmente vai apenas derreter até virar um monte de porcaria.

— Ela ainda não saiu do quarto?

Isso é tão estranho. Será que era mesmo verdade? Como é possível que a gente ainda não a tenha visto nem ao menos uma vez?

— Acho que saiu algumas vezes. Mas só à noite. Ela dorme o dia todo. É ridículo.

— Quer que eu vá com você ver como ela está? — pergunto. Para ver se ela realmente existe. Talvez seja vampira. Haha.

— Ah, não. Não se preocupe com isso. Ela odiaria se eu levasse alguém para o quarto. Quer ir até o seu e esperar lá? Posso encontrar você depois que deixar isso com ela. Você não tem varanda?

— Tenho, mas... — Não era boa ideia. — Minha amiga pode estar com alguém. E não íamos querer... estragar o clima.

— É isso — diz Liz na piscina no dia seguinte. — Nosso último dia inteiro. Está pronta para atacar, queridinha?

— Estou pronta há três dias. — Mais ou menos. Espero que sim. Procuro pela área da piscina por sua beleza. — Ele nem está aqui.

— Ele estará — diz ela.

— Se você quer mesmo fazer isso acontecer, acho que precisa escolher outra pessoa — diz Hailey. — Seu tempo está praticamente acabando.

— Mas ele é o homem dos meus sonhos — digo. — Só preciso ficar sozinha com ele.

A garota de coque da noite passada, amiga da Srta. Frente Única Cor-de-Rosa, está falando com um dos garçons.

— Ah, que ótimo — digo.

— A amiga dela provavelmente está toda enroscada com seu garoto. Hora de partir para outra.

A garota vê que a estávamos encarando e se aproxima.

— O que ela pode querer? — questiona Hailey em voz alta.

Quando ela chega até nossas cadeiras, diz:

— Ei, desculpe incomodar vocês, mas estavam no cassino ontem à noite, certo?

— É — responde Liz.

— Você me viu com minha irmã? Estávamos conversando com um cara chamado Jay?

Sério? O nome dele é Jay? Isso é tão perto de James. É ou não é um sinal de que ele foi feito para ser meu primeiro?

— Vi — digo.

— Vocês viram minha irmã depois disso? — pergunta ela, esperançosamente. — Por algum lugar aqui?

Nós três fazemos que não com a cabeça.

— Talvez ela ainda esteja com... Jay? — sugiro. "Meu Jay", tenho vontade de acrescentar, mas resisto.

A garota suspira.

— Vocês se importam se eu sentar aqui?

— Claro que não, querida, relaxa um pouco — responde Liz, afastando os joelhos para abrir espaço.

— Sou a Ali. E minha irmã não está com Jay.

— Tem certeza? — pergunto, cheia de esperança.

Ela confirma.

— Passei pelo quarto dele hoje de manhã. Ela não estava com ele. Perguntei onde ela estava, e ele disse que não tinha a mínima ideia.

Boas notícias, certo?

— Mas ela não ficou com ele a noite passada?

— Ele disse que não. Mas isso não faz sentido. Ela não voltou para o quarto. Sua cama ainda está feita. Onde mais poderia estar?

Liz acaricia seu braço.

— Talvez ela tenha conhecido outro cara?

— Acho que sim...

— Tenho certeza de que foi isso. Ela provavelmente conheceu outro cara e foi para o quarto dele.

— Mas isso não é típico dela! Quero dizer, ela gostou do Jay, por que ficaria com outra pessoa?

— Tenho certeza de que ela está por aí — repete Liz, ainda acariciando o braço da garota. — Quer que eu ajude você a procurá-la?

— Faria isso? Eu agradeceria muito. Estamos sozinhas, e estou ficando meio apavorada...

— Não se preocupe — responde Liz, amarrando sua saída de praia. — Fico feliz em ajudar.

— Quer que a gente vá junto? — pergunto.

— Não, vocês duas fiquem aqui caso...

— Carly — diz Ali.

— Caso Carly apareça.

— Está com medo? — pergunta Hailey para mim assim que Liz e a nova garota vão em direção ao elevador.

— Hein?

— Está com medo?

— Do quê? — questiono, realmente sem entender.

Ela cruza as pernas.

— Hum, do fato da irmã dela ter ficado com Jay ontem à noite e agora ter desaparecido?

— Mas Jay disse a ela que Carly não estava com ele.

— Claro, ele *disse* isso, mas e se for mentira?

Dou de ombros.

— Por que ele mentiria?

— Ele mentiria se tivesse *feito* alguma coisa com ela!

— Tipo o quê?

— Tipo um monte de coisas! Alguma coisa ruim! Deixado a garota bêbada ou jogada por cima do corrimão do navio. Ele pode ser um assassino. Não sabemos nada sobre o cara a não ser que é bonito.

— Não é verdade — digo. — Suspeitamos que ele não tem filhos. Que gosta de companhia feminina. Sabemos que ele está aqui por causa de um casamento e que estuda na Penn.

— É o que ele diz. Não acha que é tudo meio estranho? A garota com quem ele estava na noite passada está desaparecida. E... pensando bem, o que aconteceu com a menina da hidromassagem? Não a tenho visto por aí também. — Ela fica branca. — Aimeudeus.

— O quê?

— A história sobre o vampiro. E se *ele* for o vampiro?

Quase caio na gargalhada.

— Ah, qual é! Jay não é um vampiro.

— Ele pode ser.

Meu Jay não é um vampiro.

— Não, não *pode*.

— Sim, pode! Pensa nisso. — Ela esfrega as têmporas. — Só o vemos à noite.

— Não é verdade. Nós o vimos na hidromassagem. Aquilo foi durante o dia.

— Ah, certo. — A testa dela se enruga. — Mas era um lugar fechado! Ha! Sem a luz direta do sol!

— Aham.

— Está achando que é brincadeira, mas ele pode ser perigoso. Se eu fosse você, ficaria bem longe dele. Não deixe que ele acabe sozinho contigo.

Deixar? A essa altura eu poderia *obrigá-lo* a ficar sozinho comigo.

* * *

Uma hora depois, Liz está de volta, parecendo satisfeita:
— Tudo certo — diz ela, deitando de volta em sua espreguiçadeira. — Irmã encontrada.
Hailey bate palmas.
— Sério?
— Sim. — Ela pegou sua bolsa e reaplicou o protetor solar.
Hailey suspirou.
— Graças a Deus. Onde ela estava?
— Ela levantou cedo e foi para o spa. Ali devia estar dormindo quando ela saiu do quarto.
— Mas a cama não estava feita?
Liz deu de ombros.
— Acho que ela fez.
— Quem faz a própria cama num cruzeiro? — questiono.
— Pergunta a ela — responde Liz, dando de ombros novamente.
Ou não.
A tensão some do rosto de Hailey.
— Aimeudeus! Que alívio.
— Hailey estava prestes a denunciar Jay por ser um vampiro — digo, rindo.
— Estava nervosa! — grita Hailey.
Liz ergue uma sobrancelha.
— Você acha que Jay é um vampiro?
— Não acho mais. Embora ele pareça um pouco um vampiro. Não acham?
— E como exatamente é um vampiro? — pergunto, ainda rindo.

— Você sabe. Pele pálida. Cabelo escuro. Olhos taciturnos.

Liz sorri.

— Parece sexy.

— Vampiros *são* sexy — admite Hailey. — Brad Pitt? Sexy. Angel? Sexy. Edward? Supersexy. Eu totalmente faria aquilo com um vampiro.

Liz me cutuca.

— Falando nisso...

— Sei, Sei.

— Esta noite é sua última chance — continua ela. — Você vai encontrar seu namorado vampiro e amarrá-lo até fazer. Chega. Entendeu?

— Entendi — digo, batendo meus punhos nos braços da espreguiçadeira. — Esta será a noite. Não faço ideia do que vou dizer a ele, mas...

— Para início de conversa, por que você precisa falar com ele? — Ela mexe as sobrancelhas.

— Tira essa mente da sarjeta. — Dou uma risada.

— Tente apenas colocar a sua na sarjeta, a qual ela pertence.

— Ela precisa falar alguma coisa para ele — diz Hailey. — Não pode simplesmente começar a agarrá-lo.

— Duvido muito que ele se incomode com isso — responde Liz.

— Não sei mesmo por que vai desperdiçar sua virgindade com ele — diz Hailey. — Claro que ele é bonito, mas parece ser um babaca. Muito provavelmente, já ficou com, no mínimo, duas outras garotas em três dias. Não parece um bom partido. E sim um galinha.

Liz agita as mãos afastando as palavras de Hailey.
— Os galinhas são os melhores. Confie em mim. É ele. Você se divertirá muito mais.

Concordo. Sei que ela está certa.

— Então, o que devo fazer?

— Não tenha medo.

— Faça o que quiser — diz Hailey. — Mas, se eu fosse você, evitaria chupões.

Quando o vejo no bar, sei que a hora é essa.

É agora.

Ele está sentado sozinho. Esperando. Por mim.

Tá, tudo bem, provavelmente não por mim, mas está sozinho, não está? Bom o suficiente.

Hailey e Liz estão em nosso quarto. Liz disse a Hailey que ela podia pegar uma roupa emprestada.

Endireito os ombros e respiro fundo. Posso fazer isso. *Posso fazer isso.*

— Oi — digo, meu coração palpitando. — Posso te pagar um drinque?

Ele me dá um sorriso reluzente.

— Quer me pagar uma bebida?

— Eu ofereci, não ofereci?

— Deve ser minha noite de sorte — diz ele, os olhos faiscando.

Aimeudeus, ele tem um cheiro incrível. Almiscarado e salgado e totalmente delicioso. Sabia que teria!

— Acho que definitivamente é sua noite de sorte — digo, minhas bochechas queimando. Não acredito que acabo de dizer isso. Chamo o barman. — O que você vai querer?

— Um Bloody Mary — diz ele, e então sorri para mim.

Sério? As pessoas realmente bebem isso? Liz daria altas gargalhadas. Quem sabe, talvez seja bom.

— Vou querer um também — digo ao barman.

— Jay — apresenta-se ele, e toma um gole do drinque.

— Ah, eu sei — digo descaradamente. — Quero dizer, prazer. Meu nome é Kristin.

Droga. Será que eu deveria ter dito meu nome verdadeiro? Será que realmente importa?

— Como é meu dia de sorte, talvez devêssemos jogar um pouco — sugere ele. Seus dentes estão manchados de vermelho.

Ele parece um pouquinho com um vampiro. Não que ele seja. É claro que não é.

Meu coração começa a disparar. Posso mesmo fazer isso?

— Podíamos — respondo, e me inclino de modo que ele veja só um pouco por cima do decote da minha blusa. Olá, minha versão destemida! — Ou talvez você queira sair daqui?

Seus olhos se acendem como velas.

— Sério? — Ele sorri. — Sim, topo isso sim. Quer ir até meu quarto?

— Você tem um companheiro de quarto? — pergunto, já sentindo meu coração martelar.

— Não. Mas tenho uma varanda.

— Parece bom — digo, virando o resto do meu drinque para mais coragem líquida.

Ele pega minha mão.
— Vem comigo.

Aí vamos nós! Consegui! Tudo bem, *ainda* não fiz aquilo, mas estou no caminho certo.

Estamos em pé na varanda dele. O céu parece um líquido preto salpicado de estrelas cintilantes. O vento sopra em meus cabelos e faz minha pele formigar. Seguro no corrimão e inspiro profundamente o ar marítimo
— É bonito aqui fora, não é? — pergunta ele.
— É incrível.
Ele põe os braços em volta dos meus ombros.
— Então.
— Então — respondo. Eu me viro de volta para ele. Aqui está. Minha chance. Tudo o que tenho que fazer é não perder a coragem.

O rosto dele se aproxima do meu. Mais perto. Estou respirando seu cheiro salgado. Quase posso sentir seu gosto.

E então... Estamos nos beijando.
Estamos nos beijando!
Eba!
Ele me beija mais forte. Passa os dedos pelo meu cabelo. Desce a mão até a parte de baixo das minhas costas e me puxa para ele. Ele para de me beijar só para dizer que sou linda, o que é tão bom. *Ele* é tão bom.
Nossa! O que estou fazendo? Posso continuar?
Não sei. Estou enjoada.
Acho que não posso.
Não posso fazer isso.

E me afasto.
— Desculpa, James. Quero dizer, Jay. Quero dizer...
— Tenho que sair daqui. — Achei que pudesse fazer isso. Mas não posso.
— Hein? — exclama ele, surpreso, abrindo os olhos e piscando.
— Tenho que ir. Agora. Confie em mim.
— Mas, mas... — Ele agarra meus ombros. — Não terminamos.
Oi?
— Não pode me provocar desse jeito e não terminar o que começou — resmunga, baixinho.
— Acho que não é desse jeito que as coisas funcionam.
— Eu acho que é — retruca ele, me puxando de volta.
— Não, não é mesmo. Não estou pronta.
— Parece pronta para mim.
Talvez ele esteja certo. Talvez eu esteja pronta. Tento relaxar. Respiro fundo. É *isso* que eu quero. Ele certamente merece ser o primeiro.
— Humm — digo, inspirando fundo.
Beijo a ponta de seus lábios. E então sua bochecha. Depois, mordisco sua orelha. Cuidadosamente. Vou descendo até o pescoço. Ele tem um cheiro tão delicioso. Gostoso. O verdadeiro Parfum de Vie — cheiro da vida. Faminta, beijo seu pescoço. Lambo seu pescoço. Lambo a loção pós-barba. Hum.
— Isso é tão bom — murmura ele.
Abro mais a minha boca. Lá vai. Estou pronta. Posso fazer isso. Não tenho medo.
Enfio meus dentes no pescoço dele.

— Ei! — Ele grita. — Isso dói. — Ele tenta se afastar. Agora é tarde demais para voltar. É hora. Eu o puxo de volta para mim, imobilizo seu rosto entre minhas mãos geladas e o mordo de novo.

Liz estava certa. Isso não é *tão* difícil assim.

Enquanto ele inutilmente se debate para fugir, pergunta:

— Por que está fazendo isso comigo?

Porque estou com sede, penso, mas não digo. Estou ocupada demais bebendo.

— O que... é você? — balbucia instantes antes de desmaiar.

Tomo um grande gole de sangue. Muito melhor que um Bloody Mary.

— Sou uma vampira — explico, e então termino com ele.

Consegui! Consegui!

Minha primeira vez. Preciso admitir, estou um pouco orgulhosa de mim mesma.

Depois de tê-lo esvaziado, passo seu corpo por cima do corrimão e o observo desaparecer na escuridão lá embaixo.

Depois que escuto um borrifo suave, saio do quarto.

Encontro Hailey e Liz sozinhas no convés da piscina.

Hailey está deitada numa espreguiçadeira, com olhos muito abertos, braços e pernas tremendo.

— Oba, você conseguiu! — disse Liz. — Cheia?

— Empanturrada. Extradelicioso. Maravilindo. Até melhor que o Garoto de Xadrez, ou o barman velho, ou a garota da hidromassagem.

— Fresco é sempre melhor que restos.

— Você tem toda razão.

— Apesar de você não ter provado Ali nem Carly — diz Liz —, elas também eram bem saborosas.

Olho para Hailey, que está encarando o céu fixamente, ainda tremendo.

— Achei que ela estaria no mar a essa altura. Resolveu transformá-la em vez disso?

Liz assente.

— É. Você não se importa, certo? Gosto dela. Acho que vai ser divertido. Dei a ela a escolha, é claro. Ela disse que queria algo novo. Ela duvida que sua mãe vá notar que está diferente.

Gargalhadas flutuam da outra ponta do convés. Nos viramos na direção delas. Dois caras de faculdade estão andando até nós. Um deles está usando boné dos Yankees.

Hailey se levanta, apoiada nos cotovelos.

— Você está bem? — pergunto.

Ela assente e, então, sem tremer mais as mãos, aponta para o cara de boné e sussurra:

— Vi primeiro.

Não gosto da sua namorada

CLAUDIA GRAY

Parte Um

LISTA DE VIAGEM

- ✓ Vestido de verão
- ✓ Sandálias
- ✓ Biquíni preto se eu me sentir corajosa
- ✓ Maiô roxo se eu me sentir medrosa
- ✓ Estufa
- ✓ Óculos de sol
- ✓ Conchas de marisco trituradas
- ✓ Veneno de cobra
- ✓ Asas de mariposa
- ✓ iPod

METAS PARA SER UMA PESSOA MELHOR

Este ano, nos Outer Banks, eu prometo:

- Ser mais legal com Theo. Mamãe jura que ele me admira apesar de demonstrar isso colocando estrelas-do-mar mortas nos meus sapatos;

- Revisar as coisas com mamãe depois das reuniões do coven para eu não esquecer tudo antes de voltarmos para casa;
- Ignorar as provocações de Kathleen Pruitt porque sou boa demais para me rebaixar ao nível dela.

— Sei que você é metódica, mas isso é ridículo.

Cecily Harper levantou os olhos de seu bloco de anotações para olhar seu pai parado à porta, com os braços cruzados e um sorriso no rosto. Ela sublinhou suas últimas palavras com um exagero teatral.

— Sabe, fazer listas é um dos sete hábitos das pessoas altamente eficientes.

— Querida, estou acostumado com suas listas — observou seu pai. — Você começou a fazê-las assim que aprendeu a soletrar. Mas sua mala... você organizou todas as roupas por cor.

Ela olhou para a mala aberta na cama. As roupas brancas estavam aninhadas numa ponta; as pretas, em outra; as demais cores, no meio. Dando de ombros, Cecily perguntou:

— Bem, e como *você* arruma a sua?

Afetuosamente ele despenteou o cabelo dela. Isso era um pouco irritante, porque ela havia acabado de ajeitar o rabo de cavalo, mas Cecily não ficou preocupada com isso por muito tempo. Estava muito mais preocupada com o fato de que seu pai tinha notado uma coisa inusitada em sua mala.

Ele pegou o frasco de asas de mariposa e franziu o cenho.

— O que é isso?

— Hum... — Cecily tentou pensar numa mentira, mas não conseguiu. — Hum...

A expressão dele mudou de curiosidade para nojo.

— Cecily, isso são... asas de inseto?

Conte a verdade a ele.

— Sim. — Corada pela ousadia, Cecily acrescentou: — São asas de mariposas para feitiços de magia.

O pai a encarou.

— O quê?

— Cecily, não caçoe de seu pai. — A mãe de Cecily entrou no quarto e rapidamente pegou o pote. — Simon, isso é sabão em flocos. Banho de espuma. Agora fazem esses produtos se parecerem com asas de mariposa, olho de salamandra e todas essas coisas meio mágicas. Acho que tem a ver com Harry Potter ou algo assim.

— Harry Potter. — O pai riu. — Esses caras de marketing não perdem uma oportunidade, hein?

A mãe enfiou o frasco de volta na mala e lançou um olhar de aviso à filha. Mas sua voz estava animada quando disse:

— Vamos nos apressar, gente. Temos que sair para o aeroporto em quinze minutos. Querido, pode checar o Theo? Da última vez que o vi, ele estava tentando esconder Pudge na mochila.

— Pelo amor de Deus. — O pai atravessou o corredor. — Tudo que precisamos é do Departamento de Segurança Interna nos detendo por causa de um hamster.

Assim que o pai saiu do alcance, a mãe murmurou:

— Vamos ter que conversar sobre isso de novo?

— Sinto muito se coloquei nossas vidas em risco. — Cecily jogou o cabelo para trás dramaticamente, juntando as mãos na frente do peito como uma heroína de filme mudo. — E se papai tentar nos queimar na fogueira? O que faremos?

— Coloque sua mala no carro, está bem? E nem pense em aprontar uma dessas quando chegarmos à Carolina do Norte. As outras não vão te poupar.

A mãe saiu apressada, inabalada pela mais recente discussão sobre o mesmo assunto. Mas Cecily estava zangada consigo mesma por fazer piada em vez de tentar conversar a respeito.

Em geral, ela se esforçava muito para respeitar as regras do Ofício, as quais Cecily já havia decorado antes de completar 8 anos. A maioria fazia sentido — o controle necessário sobre os incríveis poderes com os quais elas trabalhavam. Saber essas regras de trás para a frente era um dos motivos por já ser uma boa bruxa.

Na opinião de Cecily, havia mais um. Ela não apenas memorizava as regras; empenhava-se em entender os motivos por trás de cada uma delas. Por exemplo, uma coisa era saber que o Ofício proibia as bruxas de usarem seus poderes para minar a vontade dos outros; outra era entender *por que* aquilo era errado, e como o mau uso dos poderes podia corroer sua habilidade e sua alma.

No entanto, havia uma regra que Cecily nunca conseguira entender, a mais antiga de todas: *Nenhum homem pode saber a verdade por trás do Ofício.*

Seu pai — que nada sabia sobre a coisa mais importante das vidas da sua esposa e da sua filha — chamou:

— Temos que deixar Pudge nos O'Farrells e chegar ao aeroporto em uma hora. A não ser que ninguém queira mais ir para a casa de praia este ano!

Cecily sacudiu sua melancolia para longe e fechou o zíper da mala. Hora de ir para o coven.

Obviamente, nenhum dos homens envolvidos sabia que as viagens anuais aos Outer Banks estavam relacionadas a bruxaria. Todos acreditavam que era uma reunião de "amigas de faculdade": seis mulheres que continuaram muito próximas e queriam que suas famílias se conhecessem. Então todo ano, alugavam algumas casas de praia na Carolina do Norte a passos de distância umas das outras e as dividiam entre as famílias. As viagens tinham começado antes de Cecily nascer, então, a essa altura, os seis maridos também já eram amigos e gostavam de dizer que seus filhos estavam "crescendo juntos". Cecily podia alegremente ter pulado a experiência de crescer junto com Kathleen Pruitt.

— Temos um coven em casa. — reclamara Cecily mês passado quando pedia para não ir para os Outer Banks nesse verão. — Por que não podemos simplesmente passar mais tempo com elas em vez de ficar com as bruxas com quem você praticava na faculdade?

Mas sua mãe nem quis ouvir. Ela insistiu que alguns covens tinham uma energia especial que fazia valer a pena manter contato, e que um dia a filha entenderia. Quando Cecily tentou explicar que uma semana com Kathleen Pruitt era como seis meses no inferno, a mãe disse que ela estava sendo dramática. (Ela teria entendido se Cecily tivesse contado sobre aquela façanha no verão passado, quando Kathleen dissera em voz alta na praia que a cordinha do absorvente interno de Cecily estava para fora do maiô, o que *não era nem um pouco verdade*.

Mas Cecily nunca conseguia tocar no assunto.) Então, rumo aos Outer Banks. De novo.

Pelo menos estaríamos na praia. Cecily, que amava nadar ao sol, achava que essa era a recompensa de todo verão.

Exceto, é claro, se estivesse chovendo.

— A previsão do tempo jurou que essa frente ficaria ao sul daqui — disse seu pai, ligando o para-brisa do carro alugado.

Theo chutou impacientemente as costas do banco da mãe.

— Você disse que eu poderia nadar assim que chegasse. Você *prometeu*.

— Aposto que essa tempestade acaba logo — garantiu a mãe, tranquilizadoramente.

Theo estava inconsolável.

— Não podemos nem usar a Jacuzzi se estiver chovendo!

Cecily olhou para as pesadas nuvens com um pressentimento. *O que poderia ser pior que passar uma semana com sua maior inimiga?* Pensou. *Ficar presa dentro de casa com ela e seu irmãozinho choramingando por causa da chuva. Isso é pior.*

Então ela se lembrou de suas metas de não se incomodar com Kathleen Pruitt e de ser mais legal com Theo, que estava com apenas 8 anos, e de quem não se podia esperar nenhuma perspectiva.

— Ei, lembra a mesa de totó na sala da frente? — Ela cutucou o ombro dele. — Ano passado, você não ganhou de mim, mas agora está mais velho. Devia me desafiar para uma revanche.

— Pode ser. — Theo suspirou, ainda fingindo estar emburrado, mas Cecily podia ver o brilho de travessura em seus olhos. Quando ela falava da mesa de totó, ele sempre ficava animado.

Ao chegar à casa de praia, algumas das amigas de sua mãe correram para cumprimentá-los, com ou sem chuva. A Sra. Silverberg, a Srta. Giordano — elas pareciam tão normais, com seus jeans de mãe e camisas polo de cores pastel. Nenhum homem vivo (nem a maioria das mulheres) jamais adivinharia os poderes que elas ensinaram às filhas. Nesse momento, gritavam "olás" enquanto pingos de chuva amoleciam as folhas de jornal que haviam pegado para proteger as cabeças e davam grandes abraços em todos. Cecily tentou parecer entusiasmada, o que é difícil quando se está ensopada.

Enquanto seu pai pegava o resto da bagagem, ela olhou em volta procurando por Kathleen. Num verão, ela foi encontrar Cecily ainda no carro — só para colocar um feitiço de coceira em sua mala. A mãe de Cecily demorou dois dias inteiros para desvendar o problema. Durante esse período, Cecily coçou e arranhou tanto seus braços que foi impossível nadar no mar.

Mas não havia nem sinal de Kathleen. Ligeiramente aliviada, Cecily pegou a última mala — a dela — do porta-malas, fazendo uma careta por causa do peso e se perguntando se precisava mesmo daquela estufa. De repente, um braço forte se adiantou e agarrou a alça.

— Deixe-me carregar isso.

Cecily olhou por cima do ombro para o cara mais lindo que já havia visto.

Era loiro e tinha olhos azuis tão impactantes que ela começou a pensar em coisas idiotas como areias douradas e oceanos escuros. Ele talvez fosse 30 centímetros mais alto que ela, que normalmente preferia caras da sua estatura, mas achou que poderia abrir uma exceção nesse caso. A camiseta branca dele estava rapidamente ficando transparente conforme ele se molhava, e isso foi a melhor desculpa que Cecily encontrou para ficar lá fora debaixo da chuva.

— Pesada — comentou ele, levantando a mala gorda sem nenhum esforço aparente. — Deve ter trazido muita coisa.

— Todo ano prometo a mim mesma que vou trazer menos — confessou ela. — Mas nunca consigo.

Ele abriu um sorriso ainda maior.

— Isso significa que quer estar preparada para tudo.

Lindo, educado e *entende o valor de se estar devidamente preparado. Só posso estar sonhando.*

— Cecily — chamou sua mãe dos degraus da casa. — Vocês dois vão ficar aí fora o dia todo?

— Tô indo! — respondeu Cecily.

O Lindo Cara Educado abriu um ligeiro sorriso enquanto levava as malas para dentro.

As sandálias de Cecily soltaram água ao se espremerem contra o chão quando ela entrou na casa de praia, que eles chamavam de "Paraíso do Oceano". (Todas as casas dali tinham nomes idiotas relacionados à praia, esculturas de madeira nas paredes e colchas com estampas de pelicanos ou conchas.) A camiseta e a calça capri dela estavam desconfortavelmente grudadas no corpo, e sua maquiagem com certeza tinha molhado e escorrido até a areia. O que o Lindo Cara Educado iria pensar? Rapidamente, ela torceu seu rabo de cavalo desgrenhado e afastou do rosto a franja, que pingava... e deu de cara com Kathleen Pruitt.

— *Aí* está você — cumprimentou Kathleen. — Estava perguntando agora mesmo à mamãe onde poderia estar. Você não mudou nada!

Gotas de água da roupa ensopada de Cecily caíam no tapete da casa de praia.

— Nossa, obrigada.

Se Kathleen percebeu o sarcasmo, preferiu ignorar. Cecily queria acrescentar um comentário maldoso sobre a aparência de Kathleen, mas, infelizmente, a garota estava ótima. Superótima, na verdade. Ela não era muito mais bonita que Cecily, que em momentos de honestidade brutal chamaria as duas de "normais", mas os Pruitt tinham um pouco mais de dinheiro para gastar com Kathleen, em roupas, maquiagem e reflexos no cabelo. Fazia diferença; diferença que a garota não deixava Cecily esquecer.

Lá fora, trovões ressoavam, sugerindo que Cecily ficaria presa dentro de casa com sua "rival" por um bom tempo.

— Kathleen não parou de perguntar por você! — revelou a Sra. Pruitt, abraçando a mãe de Cecily. — Não aguentava mais esperar para reencontrar sua melhor amiga de verão!

Amiga. Argh. Cecily forçou um sorriso.

— Parece que foi ontem que estivemos aqui.

— Ah, Cecily — cantarolou Kathleen, enquanto gesticulava para o banheiro —, já conheceu Scott?

Do banheiro saiu o Lindo Cara Educado, também conhecido como Scott. Estava com uma toalha jogada nos ombros, que, aparentemente, havia acabado de usar para secar o cabelo, agora perfeitamente despenteado. Antes de Cecily conseguir pensar em todas as maneiras que gostaria de bagunçar ainda mais aquele cabelo, ela viu, para seu horror, que ele estava indo em direção a Kathleen — que se aninhou satisfeita em seus braços.

Atrás dela, Cecily podia ouvir a mãe de Kathleen dizendo:

— Bem, achamos que Scott podia dividir o quarto com Theo, se não tiver problema. Ele é um jovem tão gentil... Vai adorá-lo. Os pais dele deram permissão, então pensei, por que não deixar Kathleen trazer o namorado?

Namorado. Esse garoto incrível, maravilhoso e perfeito é namorado de Kathleen Pruitt. Não existe justiça. Não existe Deus. OK, talvez Deus exista, mas justiça? Nenhuma.

Kathleen sorriu ainda mais.

— *Você* trouxe alguém esse ano, Cecily?

Cecily fez que não com a cabeça. Mas Theo interrompeu:

— Tentei trazer Pudge, mas não deixaram. Pudge é meu hamster.

Kathleen cochichou com Scott, alto o suficiente para Cecily escutar:

— Ele deu o nome em homenagem à irmã.

Scott não riu da piadinha malvada de Kathleen. Franziu a sobrancelha, fingindo-se de bobo, como se não tivesse entendido, embora certamente não fosse o caso. Não, ele era educado demais para rir de algo tão perverso. Gentil demais. Bom demais. Aquilo tornava a situação ainda pior.

De alguma forma, Kathleen havia conseguido enfiar suas garras num garoto alto, bonito, educado *e* totalmente gente boa. (Em outras palavras, um garoto com o qual não tinha nada em comum.) Obviamente, ela pretendia usar seu novo relacionamento para fazer Cecily se sentir a mais solitária e inferior possível. E a chuva só piorava.

É oficial, pensou Cecily. *Estou no inferno.*

Parte Dois

METAS PARA SER UMA PESSOA MELHOR: REVISÃO

Durante esta semana infernal nos Outer Banks prometo:

- continuar a ser legal com Theo e nunca, jamais, ceder à tentação de perguntar-lhe sobre Scott, porque não ligo para ele;
- falar com Scott o menos possível, porque devo evitar qualquer garoto que decida namorar Kathleen por livre e espontânea vontade;
- me concentrar de verdade nas reuniões do coven e transformar essa viagem numa experiência de aprendizado, porque, convenhamos, como férias, já está praticamente arruinada;
- lembrar que sou muita boa para notar as alfinetadas de Kathleen Pruitt, mesmo que tais alfinetes sejam grandes o bastante para serem vistos do espaço.

As mulheres sentaram-se em círculo no porão, com uma vela oscilando no meio. Fumaças pungentes pairavam no ar. Cecily já havia se acostumado com o cheiro a essa altura, mas às vezes se perguntava se não podiam usar uma vela aromática para tornar sua atmosfera de trabalho mais agradável. Ou será que qualquer novo elemento seria capaz de perturbar a energia? Teria que perguntar.

A mãe de Cecily usou uma agulha fina e branca para fazer os desenhos das runas nas cinzas misturadas. Ela possuía uma mão boa para isso — precisa e delicada. Cecily invejou seu toque.

Um dia serei boa assim, prometeu a si mesma.

Cada mulher se sentou com sua filha ou filhas — menos a Sra. Pruitt, porque Kathleen havia faltado à reunião. Isso não era típico dela, que normalmente gostava de aproveitar essas ocasiões para envergonhar Cecily. Mas, pensando bem, Kathleen gostava de usar todas as ocasiões para envergonhar alguém. Cecily ficou grata pela rápida folga.

Quando as imagens das runas estavam completas, sua mãe pôs alguma coisa na frente da pequena pilha de cinzas — um único sapato marrom, que pertencia ao pai de Cecily. Em seguida, todos acrescentaram um pertence: a camiseta de um marido, os óculos de sol de um pai. Cecily colocou o game boy de Theo em cima de tudo. Outros riscos com as agulhas riscaram linhas de cinzas em volta da pilha de itens, delimitando-os dentro do feitiço.

— Hora de ungir — anunciou a mãe de Cecily para todas no círculo.

As outras mães assentiram, e suas filhas, que tinham a mesma idade de Cecily ou eram mais novas, havia inclusive uma menina de 4 anos usando marias-chiquinhas, chegaram mais perto para ver melhor. Então a mãe acrescentou:

— Tente, Cecily.

Cecily estava praticando esta etapa do feitiço havia alguns meses, e, às vezes, com feitiços ainda mais difíceis. Mas nunca o fizera na frente de ninguém, a não ser de sua mãe — nem mesmo no coven de sua cidade. Ela viu as mães trocarem olhares, surpresas, e não necessariamente aprovando. A maioria das bruxas que conseguiam lidar com aquele tipo de poder era pelo menos dois anos mais velha que Cecily.

Nenhuma pressão, ela pensou.

Cecily pegou o frasco que elas haviam cozinhado na estufa na noite anterior. O líquido roxo-escuro estava viscoso — talvez mais que o necessário —, contudo, pelo menos seria mais fácil de derramar. Cecily tirou a tampa e se recusou a torcer o nariz por causa do cheiro. Ela inclinou o frasco para a frente e habilmente derramou um fino fluxo dentro do formato da runa, seguindo os contornos de sua mãe com precisão. Os sulcos nas cinzas pegaram o fluido, e a runa líquida começou, pouco a pouco, a brilhar.

— Muito bem — disse sua mãe.

Cecily sentiu a tensão no quarto diminuir. Sua mãe pegou a vela, uma parte na qual Cecily ainda não era muito boa, porque sempre perdia a concentração quando a cera quente chamuscava seus dedos. Sua mãe não se moveu um milímetro enquanto mergulhava a chama no fluido, que pegou fogo.

Por um instante, as chamas foram lá no alto — ainda brilhantes e roxas e no formato da runa. Então as cinzas também pegaram fogo, e uma nuvem de fumaça apareceu acima delas. Ali, piscando em três dimensões, estavam as pessoas que tinham procurado com o feitiço do espelho espião: todos os pais e irmãos, assistindo ao jogo de beisebol num bar esportivo que ficava ali perto. Cecily viu Theo de relance roubando uma cebola empanada do prato de seu pai, e quase riu.

A próxima coisa que viu, no entanto, tirou o sorriso de seu rosto.

Lá estava Scott — de alguma maneira ainda mais enlouquecedoramente lindo do que estivera no dia anterior. Seu braço descansava em volta dos ombros de Kathleen, e ele a observava com adoração enquanto ela lixava as unhas. Nenhum dos dois estava prestando atenção no jogo.

Scott nem gosta de esportes, Cecily pensou. O cara com quem ela havia saído poucas vezes na primavera queria passar a maior parte dos fins de semana vendo golfe na televisão, o que basicamente explicava por que ela não estava mais saindo com ele. Não gostar de esportes era praticamente a única coisa que Scott poderia fazer para ficar ainda mais perfeito, então, claro, ele havia feito.

Encontrar um namorado tão perfeito a ponto de não gostar de esportes era praticamente a única maneira de tornar Kathleen Pruitt ainda mais insuportável. Por mais que Cecily sempre a tivesse odiado, nunca a invejara antes.

Sem dúvidas Kathleen sabia que Cecily estava com ciúmes, e adorava cada segundo daquilo tudo.

Talvez ela nem goste tanto de Scott, Cecily pensou esperançosamente. *Talvez só esteja com ele para me atingir.*

Mas não havia muita chance de isso ser verdade. Apesar de Kathleen provavelmente ser capaz de fazer tudo para atingir Cecily, qualquer garota gostaria de Scott.

A imagem se apagou quando a visão deles juntos começou a ressecar os olhos de Cecily. As chamas se extinguiram, e, onde havia cinzas, restavam agora apenas alguns grãos de poeira no chão do porão. Um ambiente de trabalho limpo era sinal de um feitiço bem-feito.

— Muito bom — disse uma das mulheres, e Cecily sabia que o elogio era para ela.

A reunião terminou quase naquele momento. Era mais uma sessão intelectual do que qualquer outra coisa; o feitiço do espelho espião era apenas uma demonstração, considerando que todas as mulheres já sabiam da excursão dos homens ao bar. Algumas das mães revisaram pontos importantes do feitiço com as filhas, e todas se levantaram para juntar os itens que tinham sido levados para ajudar a focar a mágica e guardaram tudo onde estava.

— Fez um bom trabalho hoje — elogiou a mãe de Cecily, puxando gentilmente seu rabo de cavalo.

— Procuro prestar atenção. — Cecily tentou parecer inocente. — E não faltar ao coven, como certas pessoas.

— Fique quieta.

Sua mãe olhou para ter certeza de que a Sra. Pruitt não havia ouvido; elas eram boas amigas, o que era um dos motivos pelos quais Cecily não podia mostrar abertamente o quanto odiava Kathleen.

Enquanto guardava o game boy de Theo de volta na mochila, Cecily pensou: *Será que ela própria faltaria uma reunião para passar algum tempo com Scott? Sem Kathleen?* Cecily chegou à conclusão de que não faria isso com frequência, mas com certeza uma vez ou outra.

Só que não. Scott não era perfeito. Ninguém é perfeito. Claro que ele era lindo — e doce e forte —, mas tinha escolhido namorar Kathleen. Esse era seu grande defeito. Sem dúvida, outros se revelariam em breve.

* * *

Os homens, além de Kathleen, voltaram quase uma hora mais tarde, depois de o jogo de beisebol ter acabado. Se havia alguma novidade era que estava chovendo ainda mais torrencialmente que antes, o que significava que a Paraíso do Oceano mais uma vez parecia lotada e barulhenta. Cecily escapou para seu quarto para trocar mensagens com as amigas da sua cidade, mas Theo não a deixava em paz.

— Você disse que ia jogar totó comigo!

— Eu joguei totó com você — retrucou Cecily, apertando o teclado do telefone, escrevendo para suas amigas: THEO ESTÁ SENDO CHATO. — Jogamos três partidas ontem. Lembra?

— Mas quero jogar hoje.

— Theo...

— Você não gosta mais de jogar porque não consegue ganhar mais todas as partidas agora que estou mais velho.

Theo cruzou os braços. Aparentemente essa era sua única recompensa por ter fingido perder: um irmãozinho ainda mais emburrado.

— Tá bom, tá bom. Vamos jogar.

O primeiro pensamento de Cecily ao descer foi mostrar a Theo que, na verdade, ela ainda conseguia ganhar dele no totó, *esmagá-lo* completamente; assim ele não ficaria mais chateando-a para jogar. Então ela lembrou que ser legal com Theo era basicamente a única meta das férias que ela havia conseguido manter.

Na sala de jogos, um grupo de pessoas assistia a um DVD numa televisão de tela grande. Algum filme de ação que parecia ser principalmente sobre coisas explodindo. Seu pai estava sentado no meio, comendo pretzels. Com um sorriso animado, a Srta. Giordano falou com eles:

— Estão se divertindo, garotos?

— Consigo ganhar da Cecily no totó agora! — proclamou Theo. Cecily cerrou os dentes.

Então ela ouviu:

— Bem, então, talvez eu devesse ajudar Cecily. — Ela se virou e viu Scott colocando as mãos ao lado da mesa de totó. — O que me diz, Theo? Posso jogar no lado da Cecily? Dar uma chance a ela?

— Bem... — Theo claramente não gostava da ideia de ceder a sua vantagem.

— Não sou muito bom em totó — confessou Scott. — Então não vou ajudar muito.

Theo sorriu.

— Então tá.

Cecily foi até a mesa de totó, e ela e Scott ficaram lado a lado. Isso era o mais perto que tinham ficado desde que ele a havia ajudado a carregar sua bagagem. Ela olhou em volta procurando por Kathleen, que não estava à vista — não que Cecily fosse perguntar onde ela estava.

— Não sabe onde se meteu — disse Cecily. — Theo é muito bom nisso.

Theo girou alguns dos bonecos do totó. Obviamente, esperando provar o que a irmã estava falando.

— Sou forte. — Scott manteve o rosto completamente impassível. — Eu aguento. — O brilho em seus olhos revelou a Cecily que ele perderia o jogo de propósito, assim como ela teria feito sozinha, o que tornaria o ego de Theo quase insuportável, mas também o deixaria muito feliz.

Lindo, doce, forte e legal com crianças. Certo, preciso descobrir o que há de errado com esse cara antes que isso me deixe louca.

— Como conheceu Kathleen? — perguntou Cecily, enquanto Theo largava a bola na mesa.

— Na escola — respondeu Scott, dando um empurrão na bola. — Eu a havia visto por lá o ano inteiro, mas não nos conhecíamos. Então depois do spring break, a primeira vez que pus os olhos nela... Era como se a estivesse vendo pela primeira vez. Sabe como é?

— Humm. — Cecily se concentrou no jogo por um segundo, porque parecia a melhor maneira de parar a ânsia de vômito.

Scott continuou:

— É meio engraçado, aliás. Temos um ótimo relacionamento, apesar de não gostarmos das mesmas coisas. Achava que isso era impossível.

— Que tipo de coisas você gosta de fazer? — Cecily achou que podia adivinhar os interesses de Kathleen: ler revistas de fofoca, retocar as raízes, atormentar os inocentes.

— Você nunca adivinharia meu hobby preferido.

— Não vou nem tentar. Apenas conte.

— Gosto de cozinhar. — Cecily olhou surpresa para Scott, em vez de prestar atenção na mesa de totó, o que deu a Theo chance de marcar um gol. Enquanto seu irmão aplaudia a si mesmo, Scott riu. — Não acha que homens devam cozinhar? Você não parece conservadora.

— Não sou — disse ela. — É que, sabe... eu *amo* cozinhar.

Scott assentiu.

— Você entende, então. Eu estava pensando em talvez me tornar chef algum dia.

Na escrivaninha da casa de Cecily, onde a maioria de suas amigas teria guardado guias das universidades mais prováveis, ela estocava panfletos de cada grande faculdade de culinária do país e algumas de Paris.

— Ah! — soltou ela, insegura. — Eu também. Que...

— Coincidência, né? — Scott deu um sorriso conspiratório a ela. — Sou louco por Kathleen, mas acho que ela não sabe fazer nem torrada.

O maior e derradeiro sonho para o futuro de Cecily era logo o que ela nunca esperava que realmente acontecesse, porque sonhos eram sonhos e realidade era realidade. Ela acreditava que as pessoas se saíam melhor quando entendiam essa diferença. Mas ainda era legal sonhar, por isso, imaginou-se apaixonada por um garoto lindo, doce e forte, que gostasse tanto de cozinhar quanto ela. Depois, eles abririam juntos o próprio restaurante, que seria um grande sucesso, e Cecily e o futuro Sr. Cecily seriam incrivelmente felizes cozinhando lado a lado.

Scott era o primeiro cara que ela conhecia que a havia feito perceber que aquele sonho, na verdade, talvez não fosse tão impossível.

— É ótimo que você saiba o que quer — disse Scott. — Muita gente não sabe.

— Exatamente! Elas ficam dizendo que na nossa idade a gente não precisa se decidir ainda. Mas as pessoas não deveriam *querer* se decidir?

— E assim ter alguma direção. É tudo tão mais claro desse jeito.

— Com certeza.

— Ei! — gritou Theo. — Vocês nem estão prestando atenção!

Cecily corou. Scott riu e bagunçou o cabelo do menino.

— Foi mal, amigo. Só estávamos tentando pegá-lo de surpresa para quem sabe termos uma chance.

Olhou de volta para Cecily, e alguma coisa no carinho de seus olhos azuis fez com que os ossos dela parecessem gelatina. Ela se apoiou na mesa, dizendo a si mesma que beijar o namorado de outra garota no meio de uma sala lotada não era boa ideia. Mesmo que seu corpo estivesse quase se jogando na direção dele, fora de controle...

— O que está havendo aqui? — Kathleen entrou lentamente, esticando as mãos à frente, dedos separados. Suas unhas brilhavam com esmalte vermelho fresco.

Theo disse:

— Scott está ajudando Cecily, mas ainda consigo ganhar dos dois!

Kathleen suspirou.

— Acho que não tem como ajudar Cecily, tem?

— Estava fazendo as unhas? — perguntou Cecily. — De novo?

— Sim. — Aparentemente Kathleen nem registrou aquilo como um insulto. — Essa cor é bem melhor, eu acho. Quero pintar as do pé também. Scott, vem aqui me ajudar, tá bem?

— Tá. — Ele sorriu para Theo. — Você e eu vamos ter uma revanche mais tarde. Cecily, legal conversar com você.

— Igualmente.

Scott já tinha se virado e ido embora — disposto a largar tudo para ajudá-la a fazer as unhas dos pés. Ele tinha que estar completamente louco pela garota para fazer uma coisa assim.

Como ele pode gostar tanto dela?, Cecily pensou desesperada. *Como qualquer garoto tão certo para mim*

pode estar apaixonado pela piranha oxigenada? Isso não pode ser real.
Espera! ISSO NÃO PODE SER REAL.

Os olhos de Cecily se arregalaram. A adrenalina fez seu coração bater loucamente, e nada ao redor parecia inteiramente genuíno. Apesar de continuar na mesa de totó girando ocasionalmente seus jogadores, ela não conseguia mais prestar atenção no que estava acontecendo. Dessa vez, Theo havia ganhado dela de verdade.

Assim que o jogo acabou, Cecily subiu correndo as escadas até seu quarto. Precisava de alguns segundos de privacidade para pensar, porque se o que suspeitava fosse verdade...

Não é. Não pode ser. Kathleen Pruitt é má, mas nem ela poderia ser tão má. Poderia?

Ser megera era uma coisa; ter coragem de se aproveitar do Ofício para forçar alguém a se apaixonar, era outra, completamente diferente. Isso era sério. *Maldade.* Talvez não fosse tão horrível quanto matar, mas Cecily havia sido criada acreditando que forçar a vontade de alguém estava praticamente na mesma categoria.

Isso também explicaria por que Kathleen tinha faltado à reunião daquela tarde — o encantamento sobre Scott fora poderoso, tanto que traços dele teriam permanecido e afetado o trabalho do coven. O disfarce de Kathleen teria sido desmascarado, e todas as outras bruxas teriam descoberto a coisa horrível que ela havia feito.

A ideia de Kathleen humilhada publicamente dava a Cecily uma pequena sensação de satisfação, e quase imediatamente ela se sentiu envergonhada.

Se realmente achasse que ela fez isso, não ficaria feliz, disse Cecily a si mesma. *Ficaria horrorizada e preocu-*

pada com Scott. Mas você não acredita de verdade que Kathleen seja tão perversa. Só gosta de considerar essa possibilidade, porque é mais fácil acreditar nisso do que no fato de Scott estar realmente apaixonado por ela. O que, obviamente, é a realidade. Então, supere.

Mas a ideia não ia embora.

Finalmente, Cecily decidiu tentar provar a si mesma que sua teoria era ridícula. Pegou depressa seus instrumentos do Ofício debaixo da cama e uma pequena garrafa de plástico de sua bagagem. Em dias quentes na praia, ela enchia a garrafa de água para se refrescar enquanto estava sob o sol; obviamente, não precisaria dela tão cedo.

Uma solução simples seria melhor. Alguma coisa que ela não precisasse cozinhar. Pensando rápido, Cecily percebeu que alguns dos elixires daquela manhã poderiam ser úteis se ela os misturasse nas dosagens certas. Era difícil sem uma caneca com medidas, mas ela conseguiu chegar perto.

Primeiro, testou a poção, indo na ponta dos pés até o quarto de Theo. Cecily determinadamente evitou olhar para as coisas de Scott na cama de baixo. Pegou o game boy que havia usado para o feitiço do espelho espião. Depois de olhar para o corredor para se certificar de que ninguém estava olhando, espirrou um pouco do líquido no game boy.

A mistura de líquidos ficou num tom rosado brilhante por um breve instante — provando que o game boy havia sido objeto de um feitiço ou encantamento num passado recente.

Cecily assentiu, satisfeita. Se não desse em nada, pelo menos tinha aprendido, às pressas, a preparar um elixir detector de feitiços.

Vai mesmo borrifar isso em Scott?, ela se perguntou. *O que fará quando não acontecer nada? Lembre-se: ele também vai pensar que você é completamente louca de sair por aí perseguindo garotos com garrafas de água cheias de uma porcaria cor-de-rosa.*

— Ei, pessoal! — gritou o Sr. Silverberg. — Quem quer comer pizza?

— Graças a Deus! — gritou outro pai, e todo mundo riu. Cecily, aparentemente, não era a única que não aguentava mais ficar trancafiada.

E, se todos saíssem, seria uma oportunidade para ela. Ninguém notaria algumas gotinhas de água no meio de uma tempestade.

Ela guardou a garrafa no bolso da jaqueta jeans enquanto todos se preparavam para partir. Theo, sempre inquieto, correu para a chuva antes, e sua mãe teve que ir atrás com um guarda-chuva. Kathleen o seguiu apressada, segurando o próprio guarda-chuva, reclamando do que a umidade estava fazendo com seu cabelo. Scott estava prestes a acompanhá-la, mas Cecily segurou seu braço na porta.

— Ei, Scott — disse ela casualmente. — Você por acaso viu o game boy do Theo? A gente deveria levar hoje para ele não ficar entediado.

— É, acho que o vi no nosso quarto. — Scott sorriu para ela. — Você é uma boa irmã, sabia?

Quando ele correu para procurar no quarto, Cecily aproveitou o tempo para calçar as sandálias. Depois de ter afivelado a última tira, as únicas pessoas ainda na casa eram ela e Scott.

— Andem logo, vocês dois! — O pai de Cecily gritou pela janela rachada do carro alugado.

Scott apareceu com o game boy nas mãos. Os dois saíram na chuva, e Cecily fez questão de ficar alguns passos atrás dele para que ninguém conseguisse ver o que ela estava prestes a fazer. Rapidamente pegou a garrafa, lembrou a si mesma o quanto aquilo era ligeiramente maluco e borrifou.

A névoa ficou cor-de-rosa, brilhando por um instante antes de desaparecer.

Cecily congelou. Por um momento simplesmente ficou ali parada, debaixo de chuva. Em choque, ela não conseguia sentir nada.

Kathleen tinha feito. Ela realmente tinha feito. Quebrara uma das maiores regras do Ofício.

Scott não a ama de verdade.

— Cecily! — gritou seu pai. — O que está fazendo?

Embora hesitante, Cecily conseguiu andar até o carro e entrar. Quando fechou a porta, já estava ensopada.

— Eca! Honestamente... — Kathleen bufou. Ela estava no meio do banco de trás, aninhada ao lado de Scott, que sorria para ela meio vagamente. — Pare de pingar em mim, Cecily.

Cecily não disse nada. Não podia nem olhar para Kathleen, temendo revelar que sabia a verdade.

Era meio engraçado: ela sempre achou Kathleen Pruitt uma pessoa horrível. E, agora, descobrira que não sabia nem a metade. Kathleen não era apenas vaidosa, superficial e cruel... era real e verdadeiramente má.

Cecily olhou de soslaio. Kathleen estava sentada, com a cabeça no ombro de Scott, e sorriu, toda convencida, quando viu que ela estava olhando.

De alguma maneira, Cecily conseguiu retribuir o sorriso, mas, na verdade, estava pensando: *Sorria enquanto pode. Porque não vai se safar dessa.*

Parte Três

METAS PARA SER UMA PESSOA MELHOR:
AGORA TOTALMENTE REVISADAS DEVIDO
AO ESTADO DE EMERGÊNCIA

Nesse momento de crise prometo:

- falar com minha mãe sobre a melhor maneira de libertar Scott do encantamento, porque quebrar um laço mágico forte o bastante para fazer um cara como ele se apaixonar por Kathleen está provavelmente além das minhas habilidades;
- resistir à vontade de falar "Eu te disse" para minha mãe quando a maldade de Kathleen Pruitt finalmente se revelar um fato real e verificável;
- aproveitar meu momento de triunfo sobre A Detestável, mas não a ponto de deixar de prestar atenção em como se quebra o encantamento, porque isso vai ser mágica de alto nível.

— Cecily, honestamente. — Sua mãe cruzou os braços. — Estamos nos divertindo aqui, e você está fazendo mais uma de suas listas num guardanapo?

— Precisamos conversar — anunciou Cecily, rapidamente escondendo o guardanapo no bolso da saia.

— Não, precisamos nos divertir. — Sua mãe colocou as mãos nos seus ombros, fazendo a filha se virar e olhar para o pequeno palco da Mario's Karaoke Pizzaria. Os pais do grupo, com Theo na frente do dele, estavam berrando "We Are The Champions".

Isso normalmente seria suficiente para fazer Cecily se encolher de vergonha, mas problemas maiores estavam em jogo.

— Mãe, é sobre Kathleen. Ela... Eu... Bem, temos que fazer alguma coisa, porque...

— Fazer o quê, Cecily? Intervir toda vez que vocês duas começam a bater boca?

— Não é disso que estou falando.

Sua mãe pareceu não tê-la escutado.

— Você age como se Kathleen fosse o ser humano mais horrível que já andou na Terra. Sempre agiu assim, desde que vocês tinham 4 anos e ela derrubou seu castelo de areia.

Cecily tinha ficado muito orgulhosa daquele castelo de areia.

— Mas mãe...

— Não quero saber. Sim, sei que ela diz coisas maldosas; também tenho ouvidos, sabia? Kathleen nunca foi tão madura quanto você, e acho que ela vai demorar mais alguns anos para alcançá-la. Mas realmente queria que você agisse como adulta e deixasse esse tipo de coisa para lá. — Sua mãe baixou a voz. — Entendo que pareça muito... bem, *impressionada* com Scott, então deve ser difícil para você. Mas isso não é desculpa para continuar obcecada por Kathleen Pruitt. Agora venha se juntar ao resto do pessoal, tá bom? Não precisa cantar, fique só escutando.

Sua mãe saiu, deixando Cecily sozinha na cabeceira da mesa comprida, suas bochechas ardendo de raiva e vergonha ao mesmo tempo.

A raiva era porque sua mãe não a havia escutado. A vergonha, porque Cecily sabia que isso era culpa sua.

Todo ano, desde que era capaz de lembrar, havia reclamado de Kathleen. Tentava boicotar completamente as férias nos Outer Banks; uma vez se trancou no quarto quando Kathleen chegou. Ela até mesmo se lembrava de prender a respiração, quando ainda era mais nova, até sua mãe concordar que Kathleen e ela não precisavam se sentar lado a lado durante o jantar. Essa antipatia sempre foi mútua, mas Kathleen nunca havia feito nenhuma cena.

Tarde demais, Cecily descobriu que já reclamara tantas vezes de Kathleen, e por motivos tão triviais (mesmo que *inteiramente* válidos), que nem sua mãe queria mais ouvi-la falando do assunto.

Uma bruxa que perdeu a credibilidade, ela pensou. *Ótimo. Agora que Kathleen ficou má de verdade, ninguém vai acreditar em mim.*

Olhou para o grupo e viu Scott sentado ao lado de Kathleen, com um sorriso vago no rosto. Ele colocou ketchup em suas batatas fritas, formando um coração. Claramente, para o bem da dignidade do garoto, alguma coisa precisava ser feita.

Cecily simplesmente teria que fazer sozinha.

"We Are the Champions" acabou, os homens erguendo os punhos sobre suas cabeças, e Theo pulando de excitação. Todos no lugar aplaudiram, e Cecily distraidamente fez o mesmo. Ela quase não escutou o apresentador dizendo:

— A próxima é: Cecily Harper!

Espera, o quê?

— Cecily Harper? Onde ela está? — O apresentador procurou pelo grupo e, então, sorriu quando Theo apontou para a irmã. — Vamos cumprimentar nossa adorável jovem!

Sair correndo não parecia ser uma opção, e era tarde demais para se esconder. Cecily se levantou, sem saber o que pensar — até ver Kathleen escondendo seu sorrisinho embaixo de uma das mãos recentemente manicuradas.

Ela colocou meu nome nisso. Por que não fiquei de olho nela?

— Vai lá, querida! — Seu pai gritou, batendo palmas vigorosamente. Ele e sua mãe pareciam tão felizes por ela ter resolvido participar.

Cecily deu uma olhada na multidão — há pelo menos cem pessoas de sandálias e camisetas, todas ligeiramente enlouquecidas pelo tempo ruim, esperando que ela começasse a cantar. A essa altura já estavam bastante sedentos por algum entretenimento. Ela não era uma cantora particularmente talentosa, mas também não muito ruim. Dependendo da música, talvez conseguisse se sair bem. Considerando o histórico de maldade de Kathleen Pruitt, essa não era das piores.

Hesitante, ela andou até o palco e pegou o microfone. A tela mostrou a imagem com as letras da música que estava prestes a tocar, a música que Kathleen havia escolhido em seu nome.

Horrorizada, ela viu o refrão: "My hump, my hump, my lovely lady lumps."

Segurando o microfone com tanta força que poderia tê-lo usado como um taco, Cecily forçou um sorriso e pensou: *Agora é guerra.*

Voltaram para a casa de praia bem tarde naquela noite. A chuva não havia parado, mas finalmente se reduzira a um chuvisco suave. Ninguém precisou de guarda-chuva para sair dos carros. Cecily entrou com Theo, que estava cambaleando; ele não estava acostumado a ficar acordado até aquela hora. Apesar de a própria Cecily estar bastante cansada também, sua cabeça estava agitada demais para ela conseguir dormir.

Preciso quebrar o encantamento de Scott. Não tenho absolutamente nenhuma ideia de como conseguir isso. Não posso contar com minha mãe para me ajudar. Então, o que faço?

O melhor recurso possível era o Livro das Sombras de sua mãe.

Toda bruxa guardava um Livro das Sombras. Cecily era nova demais para ter o seu — deveria começar quando o período de aprendizagem acabasse. Ninguém jamais completou um Livro das Sombras; bruxas trabalham nele a vida inteira. O livro continha uma lista de feitiços, mas não apenas isso; também trazia a história de como a bruxa havia aprendido o encantamento, as circunstâncias, os motivos e os resultados relativos a cada uma das vezes em que o usou.

Quando mais nova, Cecily planejou manter seu Livro das Sombras em formato eletrônico — isso o tornaria mais difícil de ser destruído e mais fácil de ser atualizado e organizado. (Ela às vezes sonhava com as planilhas de ingredientes mágicos que poderia criar no Excel.) No entanto, aprendera que o livro em si também era importante. Deveria ser mantido por perto toda vez que um feitiço poderoso fosse feito; com o tempo, a proximidade com a mágica infiltrava-se nas páginas. O Livro das Sombras de uma bruxa velha e poderosa quase tinha poderes próprios.

Chegar e dizer, "Ei mãe, posso pegar emprestado seu Livro das Sombras?" estava completamente fora de questão. Cecily teve permissão para olhá-lo, mas apenas acompanhada pela sua mãe e só em ocasiões especiais.

Isso significava que ela teria que roubá-lo.

Bem, não exatamente "roubar". Pegar emprestado. Parecia melhor pensar que estava pegando emprestado; afinal, sua mãe teria o Livro das Sombras de volta. Ela só nunca saberia que ele fora emprestado.

Todos estavam se preparando para dormir, o que significava que estavam de pijamas no corredor fingindo não se importar por outras pessoas já estarem usando os banheiros. Cecily vestiu uma camiseta e calças de ioga — passava por roupa de dormir, mas também era ideal para andar pela casa, ou por fora dela.

Ela perambulou pela casa, tentando parecer casual, o que não devia ser tão difícil com uma camiseta e calças de ioga. *Mãe, pai, cadê vocês? Por favor, não estejam na cama...*

Eles não estavam. Estavam sentados na sala, cada um bebendo uma taça de vinho, sendo meio repugnantemente melosos um com o outro. Cecily desviou o olhar; melhor evitar ser testemunha da horrível sessão de amassos dos próprios pais. A questão é que eles estavam distraídos, o que dava a ela uma oportunidade.

Andou depressa na ponta dos pés pelo corredor até o quarto de seus pais. Ninguém a viu, com exceção de Theo, que estava esfregando os olhos e, provavelmente, cansado demais para perceber.

Cecily olhou em volta do quarto, considerando e, em seguida, rejeitando possíveis esconderijos. Seu pai poderia olhar dentro das gavetas ou debaixo da cama, então sua mãe não teria guardado o livro nesses lugares. O mesmo servia para as malas. Teria que ser um lugar escondido de verdade, e inesperado.

Os olhos de Cecily brilharam quando ela notou o quadro acima da cama. Era meramente decorativo — uma cena kitsch de praia, bem do estilo da Paraíso do Oceano —, estava um pouco afastado da parede e era grande o bastante...

Ela afastou o quadro da parede, e o Livro das Sombras caiu na cama.

Justo quando parecia ter conseguido, Cecily ouviu sua mãe no corredor.

— Sabe, é meio sexy quando você canta.

Seu pai riu baixinho.

— Eu teria passado a noite inteira no palco se soubesse disso.

O horror deixou Cecily congelada. O que seria pior: ser pega roubando o Livro das Sombras de sua mãe ou ter que ouvir seus pais falando assim? Ela nunca descobriria, porque estava prestes a passar por ambas ao mesmo tempo; portanto, não havia como piorar.

De repente, ela ouviu Theo:

— Mamãe, papai, venham ler uma história para mim!

— Quer uma história antes de dormir? Faz tempo que não pede isso. — O pai parecia afetuoso. — Não queremos acordar Scott.

— Ele está por aí beijando Kathleen — zombou Theo. — Venham ler pra mim!

Os passos de seus pais se aproximaram da porta, passaram por ela e foram até Theo. Cecily recuperou o fôlego por um segundo antes de segurar o Livro das Sombras junto ao peito e sair de mansinho.

Quando andava, olhou para trás. Sua mãe carregava Theo nos braços enquanto andavam até seu quarto. Ele sorriu para Cecily por cima do ombro da mãe e piscou.

Não acredito. Theo me salvou! Seu irmãozinho não poderia ter adivinhado por que ela precisava estar no quarto de seus pais, mas havia lhe dado cobertura mesmo assim. Só por dar. Definitivamente havia sido o momento menos mimado de sua vida até então.

Cecily sorriu para o irmão, orgulhosa de pelo menos uma de suas metas para ser uma pessoa melhor ter valido a pena.

Agora era hora de cumprir a meta mais importante de todas: acabar com Kathleen.

Parte Quatro

LISTA DE DESENCANTAMENTO

- ✓ Asas de mariposa
- ✓ Vinho tinto — presente no bar da casa de praia
- ✓ Cinzas purificadas
- ✓ Vidro quebrado — quebrar um copo da cozinha, deixar um dinheiro para os donos da casa comprarem outro
- ✓ Essência da verdade
- ✓ Caldeirão — improvisado
- ✓ Casca de besouro amassada
- ✓ Sangue de virgem — deprimentemente, o meu serve

O vento chicoteava vindo do oceano, arrepiando Cecily, sentada na areia ainda úmida. Apesar de a chuva enfim ter parado, o céu permanecia sombriamente nublado, sem nenhuma estrela.

O Livro das Sombras de sua mãe estava ao lado dela numa toalha de praia. Embora não o tivesse decorado com muito cuidado como as bruxas normalmente preferem fazer — sua mãe gostava de manter as coisas simples —, o livro tinha algum tipo de poder só por estar ali. Talvez fosse a imaginação de Cecily, mas a capa cinza pálida de alguma maneira parecia brilhar um pouco até mesmo sem luar.

Ela podia ter feito sua pesquisa em casa, mas teria sido confortável demais: quente e aconchegante com uma lâmpada ajudando a ler. A tentação de descobrir todos os feitiços de sua mãe teria sido muito grande. Cecily não se sentia culpada por ter roubado o Livro das Sombras, porque isso era importante, mas ela perderia a moral se abusasse da oportunidade.

Além disso, estar fora da casa lotada com suas decorações idiotas era bom. Cecily achou que o ar frio da noite e o barulho do oceano clareavam seus pensamentos. Por exemplo, ela havia parado de se deliciar com a vergonha que isso traria a Kathleen e começado a se preocupar em como sua mãe iria reagir quando descobrisse sobre o uso não autorizado de seu Livro das Sombras. Mas, em vez disso, Cecily estava pensando em Scott.

Como será o fim do encantamento para ele?, ela se perguntou. O Livro das Sombras não dizia. *Ele vai simplesmente parar de gostar tanto de Kathleen e se perguntar o que viu nela? Ou vai ser mais dramático que isso? E, se for dramático, será que ele perceberá que foi enfeitiçado?*

Cecily foi alvo de alguns encantamentos inofensivos algumas vezes; era uma tarefa padrão da educação de uma bruxa descobrir como a pessoa se sentia. Quando o encantamento acabava, a sensação era nítida: tão súbita e poderosa quanto uma queda numa montanha-russa depois de uma subida íngreme. A pessoa vai, numa queda violenta, e *sabe* que alguma coisa não natural havia acabado de acontecer com ela.

Até alguém que nunca tivesse ouvido falar do Ofício perceberia que tinha sido alvo de magia. Esse é um dos motivos pelos quais encantamentos deveriam ser pouco usados, só em casos de extrema necessidade.

E se Scott descobrisse a verdade?

Provavelmente havia uma resposta escondida bem no meio das páginas do Livro das Sombras, mas Cecily não ia procurar. Em seu coração, ela sempre acreditou que homens poderiam saber e aceitar a verdade sobre bruxaria. (Não *todos* os homens — mas tampouco todas as mulheres poderiam saber também, não é?) De alguma maneira sua mãe conseguia viver mentindo para seu pai para todo o sempre, mas Cecily nunca quis isso para si.

O cara de seus sonhos — o chef que queria abrir um restaurante com ela — saberia não só que Cecily praticava bruxaria, mas também entenderia que isso era incrível. Teria orgulho de seu poder e a apoiaria sob qualquer circunstância.

Será que Scott podia ser esse cara?

Seu coração batia loucamente. De um jeito ou de outro, Cecily estava prestes a descobrir.

A manhã seguinte não estava exatamente ensolarada, mas pelo menos não chovia. Apesar do frio e da nuvem espessa, quase todos foram para a praia. Theo passou correndo de shorts e chinelos verde neon, gritando:

— Cecily! Você tem que nadar com a gente!

— Já alcanço vocês — prometeu ela, enquanto vestia seu biquíni preto. — Não vou demorar.

Ela se olhou no espelho. Será que alguma vez teve medo de uma coisa tão pequena quanto usar um biquíni? Comparado ao que estava em jogo naquele dia, aquilo parecia tão insignificante.

Além disso, ela estava bonita.

Cecily desfilou pelo quarto, agindo naturalmente, com uma grande toalha de praia dobrada no braço de um jeito que disfarçava o que ela estava segurando: a garrafa de spray, cheia de um elixir para o feitiço de desencantamento.

A casa já estava quase vazia — só restava Scott, que passava protetor solar nos ombros. Foi preciso muito autocontrole de Cecily para não perguntar a ele se estava precisando de ajuda.

— Oi — cumprimentou ele. — Kathleen e eu estamos indo à praia. Quer vir junto?

— Ela não quer! — gritou Kathleen de seu quarto.

Cecily sorriu.

— Acho que está um pouco frio para um mergulho, não acha?

— É, mas de jeito nenhum vou passar uma semana nos Outer Banks sem ir nadar pelo menos uma vez — disse Scott. Ele olhou para o biquíni dela... Só uma olhada... Mas foi encorajador.

Casualmente, como se tivesse acabado de ter essa ideia, Cecily disse:

— Ei, que tal a banheira de hidromassagem lá fora? Água quente, jatos da Jacuzzi... Bem melhor que congelar nossos bumbuns no mar.

Scott abriu um lento e caloroso sorriso que a fez se sentir meio derretida por dentro.

— Quer saber, parece ótimo.

— Você e Kathleen fiquem à vontade. Vou dar uma olhada no Theo, mas paro na Jacuzzi na saída.

Caldeirão: providenciado.

Cecily foi até o bar, mas olhou por cima do ombro para ver se Scott havia saído de casa. Ela nunca percebera que até as *costas* de um cara podiam ser sexies.

Não que Kathleen não tenha sido cem por cento má ao fazer isso com ele, mas pelo menos entendo seus motivos.

Assim que saíram, Cecily foi ao trabalho. O saca-rolhas parecia bem simples de usar, mas ela nunca havia tentado antes, então abrir o vinho tinto demorou muito mais do que tinha planejado. O atraso deixou o processo ainda mais tenso. Se sua mãe entrasse e visse Cecily abrindo uma garrafa de bebida alcoólica, não teria chance de explicar a finalidade daquilo. Simplesmente não sobreviveria tempo bastante.

Finalmente a rolha saiu com um estalo. Cecily achou que o vinho tinto estava meio fedido — talvez tivesse virado vinagre. Mas provavelmente não faria diferença para o encantamento.

Ela derramou um pouco de vinho na garrafa em spray. Um pouco de fumaça violeta flutuou, cintilante e misteriosa.

A fumaça precisava ser mais escura... a mágica, mais poderosa.

Com as mãos trêmulas, Cecily pegou um copo do bar e o segurou na pia. Estava com medo, mas disse a si mesma que era besteira ter medo de dor. Queria ser como Theo, reclamando e chorando antes de tomar injeção no pediatra?

No entanto, não era a ideia da dor que a assustava. Era a realidade de estar fazendo esse feitiço — de longe o mais poderoso que ela jamais tentara fazer sozinha. Não tinha ideia do que aconteceria se o tivesse preparado errado, mas suspeitava seriamente de que não seria bom.

Chega, disse a si mesma com severidade. Virando o rosto para proteger os olhos, jogou o vidro na pia. Ele se espatifou com um barulho, e ela sentiu um caco afiado atingir a palma de uma das mãos. Bom, pelo menos não teria que cortar a própria pele.

Acrescentou pequenos cacos de vidro à mistura, então segurou a garrafa aberta embaixo da mão, que tremia, e algumas gotas de sangue caíram lá dentro. A cada gota, a fumaça subia de novo, escurecendo até um azul mais profundo, até enfim ficar quase preta. Agora estava parecendo correto.

Hora do show.

Ela andou até a varanda, esperando aparentar confiança. Kathleen e Scott estavam sozinhos na Jacuzzi. Kathleen havia colocado suas pernas sobre as dele, como se estivesse prestes a se sentar no seu colo. Quando Cecily saiu, Kathleen olhou para ela de cara feia:

— Uh, você não precisa brincar com seu irmãozinho ou algo do tipo?

— Daqui a pouco — respondeu Cecily. — Agora não.

Scott sorriu e apontou para a garrafa de spray.

— O que é isso?

Uma rajada de vento frio jogou para trás o cabelo de Cecily e a fez se arrepiar.

— Sua liberdade.

Os olhos de Kathleen se arregalaram. Ela entendeu. Era agora ou nunca.

Sussurrando o encantamento, Cecily arrancou a tampa da garrafa e despejou o conteúdo na Jacuzzi.

As correntes o pegaram, criando uma espiral de azul e preto que aumentava a cada segundo. Em vez de se diluir na água, o elixir escureceu o conteúdo da banheira até parecer que Scott e Kathleen estavam sentados no meio de tinta. Uma fumaça espessa começou a borbulhar na superfície e a transbordar. O ar se tornou sulfúrico, e Cecily sentiu como se mal conseguisse respirar.

— Mas que... — Scott tentou sair da Jacuzzi, mas não conseguiu, porque foi bem na hora que tudo explodiu.

Não de verdade, com pedaços da banheira, da varanda e de Kathleen se espalhando para todos os lados, mas pareceu uma explosão mesmo assim. Uma onda de choque saiu do caldeirão, sacudindo a todos e trovejando como uma explosão sônica. Pequenos arcos de eletricidade estática se abaulavam pelo ar. Kathleen começou a gritar, e Cecily não a culpou.

Então acabou. Scott escorregou de volta para a banheira como se estivesse inconsciente, mas Cecily pulou para a frente para segurar sua cabeça.

— Scott? — Sua voz tremia. — Scott, você está bem?

— É. — Ele se sentou, piscando lentamente. Sua expressão parecia confusa. — O que foi isso?

— Você não precisa saber! — Kathleen escalou para fora da banheira. Seu corpo inteiro tremia, e um pouco de seu cabelo havia literalmente ficado de pé com a energia no ar. — Scott, venha.

Cecily disse:

— Ele não vai a lugar nenhum com você.

— E quem é você para dizer isso? Scott, vem comigo! — Kathleen estendeu a mão, mas o garoto não se moveu.

Sua expressão ainda parecia atordoada. Não, Cecily achava que a palavra correta era "vazia". Como se não tivesse ninguém ali. Será que ela o havia machucado?

De repente, os jatos da Jacuzzi voltaram a funcionar, e Scott abriu um sorriso preguiçoso e idiota que Cecily nunca vira antes.

— Cara, Jacuzzis me fazem morrer de rir. Sabe por quê?

Cecily sacudiu a cabeça:

— Hum, não?

Ele respondeu:

— Porque quando os jatos formam as bolhas parece que alguém soltou um pum.

— Tem certeza de que está se sentindo bem? — perguntou Cecily. — Porque você... Você não está parecendo o mesmo.

Scott deu o tipo de gargalhada que parecia o zurro de um burro.

— Adivinha só? Estou soltando um pum agora mesmo! E não dá para perceber!

Cecily cambaleou para mais longe da banheira, chegando ao outro lado da varanda. Havia alguma coisa errada com ele; não era a mesma pessoa de antes. Será que ela havia feito alguma coisa errada quando quebrou o encantamento? Tinha feito mal a Scott?

Kathleen secava lágrimas de raiva de suas bochechas.

— Você o *estragou*!

Cecily entendeu a verdade.

— Você não fez só ele gostar de você. O encantamento também alterou a personalidade, para ele virar o cara perfeito. — *Ou para mim*, pensou ela, lembrando-se de como Scott tinha parecido tão ideal quando estavam juntos... E como a personalidade dele parecia mudar na hora que Kathleen chegava. Por que não havia percebido antes? O verdadeiro Scott era esse cara: grosseiro, burro e completamente despreocupado com qualquer coisa à sua volta. Nem estava prestando atenção na conversa delas.

— Se tivesse coragem de pegar o Livro das Sombras da sua mãe, saberia fazer mágica de verdade também — zombou Kathleen. Ela avançou em Cecily, que a empurrou de volta contra o corrimão da varanda. Que outros feitiços malignos Kathleen poderia ter aprendido? O que mais ela estaria disposta a fazer? Cecily queria achar que podia se defender sozinha, mas, além disso, queria correr e pedir ajuda. Só que Kathleen estava entre ela e qualquer rota de fuga. — Scott era perfeito, e ele pode ser perfeito de novo, porque você está prestes a sair do meu caminho.

— Não está, não — respondeu a Sra. Pruitt, severa. Ela estava na entrada da varanda, com todas as mães paradas atrás. Seus rostos estavam sérios. — Kathleen, vamos conversar.

Então o rosto de Kathleen mudou do aspecto de sempre (perverso) para uma coisa que Cecily nunca vira antes: medo de verdade. Obviamente as mães reconheceram a quebra de um encantamento; e também, é claro, tinham escutado o bastante para entender o que Kathleen havia feito. Ninguém estava praticando nenhuma magia; elas não precisavam. O poder das mães eclipsava qualquer coisa que Cecily ou Kathleen pudessem fazer.

E, finalmente, o perverso reinado de Kathleen Pruitt acabara em ruínas.

— O que vai acontecer com ela? — perguntou Cecily mais tarde, quando ela e sua mãe caminhavam na praia.

— Kathleen nunca mais vai ter permissão para praticar magia. Ela jamais receberá os feitiços certos para começar um Livro das Sombras, e seus materiais e instrumentos terão que ser destruídos. Não podemos apagar o que ela já sabe, mas, de agora em diante, está vetada em qualquer coven. Vai ser difícil para a mãe dela, mas regras são regras. — Elas deram mais alguns passos em silêncio antes de sua mãe continuar: — Estou orgulhosa de você por não estar se gabando.

Cecily sabia perfeitamente que se gabaria depois, mas o choque ainda era recente demais para isso.

— Toda aquela fumaça, a explosão... Papai tem que ter visto.

— Dissemos aos homens que a Jacuzzi entrou em curto. Acho que chega de hidromassagem nessa viagem.

Ia demorar um bom tempo até que Cecily conseguisse olhar para uma Jacuzzi da mesma maneira, portanto, não era uma grande perda.

— E Scott?

— Não sabe o que o atingiu. Ou não liga, eu acho.

Elas olharam juntas para a Paraíso do Oceano. Scott estava sentado com Theo nos degraus da frente que levavam até a areia. Ele tomou metade de uma lata de refrigerante e então arrotou o nome de Theo, que riu e aplaudiu. Cecily suspirou.

Sua mãe disse:

— Você tentou me avisar sobre Kathleen noite passada. Eu deveria ter escutado. No futuro, farei isso.

— Obrigada, mãe.

— Isso significa que nunca mais terá qualquer tipo de desculpa para pôr as mãos no meu Livro das Sombras sem minha permissão.

— Entendido.

Sua mãe puxou carinhosamente a ponta do rabo de cavalo de Cecily.

— Você se arriscou seriamente, sabia? E não só ao tentar fazer o feitiço sozinha. Se Scott fosse um pouco mais, digamos, *curioso*, teria percebido que estava sob um feitiço. Teria percebido que magia existe. Esconder nossos rastros a essa altura seria um trabalho árduo. Você não podia ter feito aquilo sozinha.

— Por que temos que mentir para eles? Você não queria que papai soubesse a verdade? Não acha que ele a amaria ainda mais quando percebesse a bruxa maravilhosa que você é?

Por um momento sua mãe ficou em silêncio. Ouvia-se apenas o som do mar. Finalmente, ela disse:

— Hoje, principalmente, achei que você tivesse entendido a importância de obedecer às regras.

Aquela não era uma resposta, mas Cecily sabia que era o mais perto que conseguiria chegar. Abraçou sua mãe antes de correr até a beira do mar. As ondas frias e espumosas batiam nos seus dedos do pé.

Um dia, Cecily pensou. *Um dia vou achar um cara que possa conviver com a verdade. Só porque não era Scott, não significa que esse cara não exista por aí.*

Felizmente suas férias de verão não foram completamente arruinadas. Cecily ainda tinha alguns dias para se divertir. Ela achava que merecia, e muito.

METAS PARA SER UMA PESSOA MELHOR: REVISADAS

- resistir a me gabar sobre a queda de Kathleen, pelo menos enquanto testemunhas estiverem por perto;
- nadar pelo menos duas horas por dia;
- ver se as mães agora me respeitam o suficiente para me ensinar um pouco de magia séria;
- ganhar do Theo no totó pelo bem da minha dignidade pessoal;
- andar 4 quilômetros na praia todas as manhãs;
- pesquisar sobre aulas de tênis;
- pesquisar sobre aulas de equitação;
- em resumo, ficar ao ar livre pelo máximo de tempo humanamente possível.

De repente, um trovão ecoou a distância, e pingos de chuva começaram a se espalhar pela areia.

Cecily gemeu enquanto corria em busca de abrigo. *Bem, talvez ano que vem.*

A lei dos suspeitos

MAUREEN JOHNSON

— Odeio férias — declarei.

Minha irmã, Marylou, estava na cadeira de balanço ao lado da janela, enrolando seu curto cabelo cor de ferrugem distraidamente no dedo, com o *MDE-IV* aberto na sua frente. O *MDE-IV*, caso nunca tenha ouvido falar, é o *Manual Diagnóstico e Estatístico de Doenças Mentais* (quarta edição). Marylou havia acabado de terminar o primeiro ano da faculdade de psicologia, portanto, seu maior passatempo era me diagnosticar com cada uma das doenças do livro — literalmente. Por isso, foi um erro dizer uma coisa desse tipo para ela.

— Falta de interesse nas coisas que pessoas normais acham divertidas — observou ela. — Isso é depressão, Charlie.

— Pessoas normais? — repito.

— Bem, na verdade, não é esse o termo que nós gostamos de usar... mesmo tendo acabado de usá-lo.

— Quem seriam *nós*?

— Profissionais de saúde mental.

Profissional de saúde mental era a última coisa que Marylou poderia ser. Ela era uma barista com dois semestres de introdução à psicologia.

— Sei — observei. — Profissional de saúde mental. Você *além disso* serve *lattes*. Então *também* é presidente do Starbucks? É o que está dizendo?

— Cala a boca, Charlie.

Vira uma página, vira uma página, vira uma página.

— E por que está tão ocupada tentando *me* diagnosticar? — Perguntei, acertando uma mosca que tentava pousar no meu nariz. — Estava lendo isso no avião quando aquele cara do meu lado tentou me apunhalar com seu garfo. *Ele* você não rotulou.

— É porque ele não tentou apunhalá-la — disse ela placidamente. — Você estava mentindo.

Sabe, isso é uma coisa que me persegue. Eu costumava mentir bastante. Ou melhor, exagerar bastante. Acho que ficava entediada, e meus pequenos enfeites tornavam o mundo muito mais interessante. Tenho que confessar que era muito boa naquilo. Podia enganar qualquer um. Eram mentiras inofensivas, também. Não prejudicavam ninguém. O cachorrinho que me perseguiu na rua podia ser maior e, talvez, ter raiva. Não deixei simplesmente meu sorvete cair porque estava ventando — fui atingida por um tornado fenomenal.

Mas mentir é ruim. Sei disso. E apesar das minhas mentiras não serem más, ainda assim causavam todo tipo de problema e faziam algumas pessoas não confiarem em mim. Por isso desisti delas, definitivamente, no começo do primeiro ano. Estou limpa há três anos.

Mas recebo algum crédito por isso? Não. Acho que é como ter um passado criminoso: ninguém nunca mais confia em você de verdade. Tipo, se fosse um ladrão, parasse de roubar, se reinventasse totalmente e todo mundo soubesse disso... mesmo assim, ninguém o deixaria levar um grande depósito em dinheiro até o banco.

E o cara na poltrona 56E *realmente* tentou me apunhalar com o garfo. Acho que fez isso porque suspeitou que eu tivesse roubado seus fones de ouvido da Air France enquanto ele dormia, o que não aconteceu. A aeromoça não lhe deu nenhum fone porque ele estava dormindo. Marylou e eu simplesmente usamos nossos próprios fones de ouvido no voo, e ela acabou colocando o dela, da Air France, no bolso da frente da minha poltrona quando se levantou para ir ao banheiro. Então, quando o Sr. 56E acordou com seu próprio ronco enquanto sobrevoávamos o Atlântico, ele viu os dois pares de fones de ouvido que estavam na minha frente. Sua boca não falou nada, mas seus olhos diziam "ladra". Quando sua bandeja chegou, ele puxou o garfo com muito mais força que o necessário e, por pouco, não espetou meu braço. Ele ficou estranho durante o voo. Levantou umas 12 vezes para fazer ioga nos fundos do avião perto da porta de saída. E ficou lendo um livro sobre *fabricação de iogurte* no restante do tempo.

Mas, por acaso, Marylou gastou algum segundo pensando nesse protótipo de sanidade?

Não.

Só em mim.

Para ser honesta, não havia mais nada a fazer nesse momento em particular, uma vez que já tínhamos passado por todas as doenças e chegado à depressão. Talvez eu estivesse mesmo deprimida. Tinha todos os motivos para estar.

Marylou e eu estávamos na França havia três dias, e nada realmente seguia de acordo com os planos. Nossa mãe tecnicamente é francesa, mas seus pais se mudaram para os Estados Unidos quando ela só tinha 4 anos. Consequentemente, tínhamos vários parentes franceses que havia anos atormentavam minha mãe para ela levar as pequenas Marie-Louise e Charlotte para conhecer a terra de seus antepassados. Nosso primo Claude, em particular, queria muito que fôssemos. Ele era um tipo de chefão da publicidade em Paris e havia feito um comercial com bebês de armaduras que aparentemente todo mundo *amava*. Tinha um apartamento no centro da cidade, e tudo o que queria era exibir suas priminhas por aí.

Marylou e eu apoiamos a ideia; afinal, quem não gostaria de passar quatro semanas em Paris? Este era o plano: o mês de agosto inteiro. Marylou havia acabado de terminar o primeiro ano de faculdade, e eu estava indo para o terceiro ano do colégio, ou seja, éramos velhas e jovens na medida certa, e era a hora certa. E ainda havia uma promoção de passagens da Air France.

Então finalmente fomos. Pousamos em Paris, e lá estava Claude, que tinha uns 2,10 metros, cabelos loiros e um jeito muito amigável. Passamos uma noite no quarto de hóspedes de seu apartamento para nos recuperar da mudança do fuso horário. Acordamos na esperança de passear pela cidade e visitar a Torre Eiffel e descer as ruas em vespas comendo queijo. Estávamos dispostas a adotar a vida que nosso fabuloso primo francês queria tanto nos mostrar.

Mas Claude disse *non non non*, nenhum parisiense fica na cidade em agosto. Era muito quente e horrível, e não queríamos ir para o campo? Não, mas dissemos que sim, por educação. Realmente não importava a nossa resposta, porque Claude já havia alugado uma casa na Provença para nos mostrar a verdadeira vida francesa. Partiríamos naquela mesma tarde. E, então, Claude recebeu um telefonema. Havia algo errado com os bebês em armaduras, e ele teria que resolver o problema. A gente podia ir, pois ele pegaria um trem mais tarde, assim que acabasse, e o senhorio estaria lá para nos encontrar.

Menos de 24 horas depois de chegarmos, Marylou e eu fomos colocadas num trem para o interior da França, sem Claude. Foi uma viagem tranquila, que fizemos olhando pela janela e pedindo taças de vinho por 7 euros só porque podíamos, e como ainda estávamos cansadas do voo, quase perdemos nossa parada. Estávamos muito confusas e tontas. Mas Marylou, sendo Marylou, deu um salto heroico até nossas malas, e conseguimos sair do trem antes que ele chegasse à Itália, ou ao oceano, ou ao fim do mundo.

Do lado de fora da estação, um homem num pequeno carro azul estava nos esperando. Tinha cabelos brancos, parecia furioso e não falava inglês — mas pelo visto sabia quem éramos. Isso, somado à completa falta de outros possíveis senhorios em volta, foi suficiente para que partíssemos com ele. Nossas malas enormes não cabiam direito em seu carro, então tivemos que entrar antes, e elas foram empilhadas no nosso colo, prendendo-nos nos assentos escaldantes.

Durante a viagem, ele nos mostrou uma identidade e descobrimos que seu nome era Erique. Erique tinha uma tosse terrível que o sacudia tanto que ele perdia o controle do carro por um segundo, e então ziguezagueávamos hilariamente na estrada. Marylou e eu sabíamos, ao todo, umas três dúzias de palavras em francês, o que não era o suficiente para formular nem uma frase coerente, mas de vez em quando tentávamos encantar Erique e agradá-lo falando coisas como "quente" e "trem" e "Paris" e "árvore" em nenhuma ordem ou contexto em particular. Ele olhava, triste, para nós pelo retrovisor sempre que falávamos, então desistimos.

Enfim passamos pela vila, que era singular e bela como qualquer coisa que se pode esperar do interior da França. Pessoas saíam da padaria com compridas baguetes e bebiam em mesas do lado de fora de um café com toldo vermelho. Havia crianças francesas circulando de bicicletas, velhos sentados à beira de uma antiga fonte central, colinas ao longe. As únicas coisas que interrompiam a tranquila perfeição de livro de história eram uma ambulância e um carro da polícia, com luzes piscando silenciosamente, estacionados em frente a uma das pitorescas casas. Um pequeno grupo de paramédicos e policiais fumava placidamente, conversando na frente de uma porta aberta; alguns estavam apoiados numa maca vazia. Nesta cidade, até mesmo as emergências eram manejadas com lânguida graça.

Dirigimos pela vila, para fora de estradas bem-pavimentadas e até para outras bem mais acidentadas que passavam por olivais. Saímos completamente da estrada de asfalto para uma de terra que levava a lugar nenhum e ao nada. Estávamos com calor, esmagadas e sacudindo por mais de quinze minutos quando Erique virou numa estrada de terra ainda mais estreita e uma casa se materializou entre os galhos.

A casa era feita de uma pedra cor de creme e tinha imensas persianas azuis em todas as janelas. Ficava isolada diante de um cenário de árvores, árvores e mais árvores, com um ocasional arbusto de alecrim ou lavanda. Descendo o caminho de cascalho que levava até a casa, você era praticamente nocauteado pelo cheiro doce das ervas assando sob o sol, e, então, chegava-se embaixo do grande toldo verde que protegia a casa. Para um dos lados havia um córrego que borbulhava de verdade e que tinha cerca de dez milhões de pequenos sapos pretos pulando ao redor.

Erique nos levou para conhecer nosso novo lar francês, abrindo portas, ligando ventiladores, pegando, quando aparecia, uma aranha ou um sapo e atirando-os para fora da janela. A casa parecia ter sido redecorada a cada década, começando talvez em 1750 e terminando em 1970. Os móveis eram todos grandes e pesados, como se tivessem saído de O *Hobbit*. Alguns dos quartos tinham painéis de madeira, mas a maioria era revestida com papel de parede. Um quarto era coberto de espirais amarelos psicodélicos dos anos 1960, outro com uma representação em plástico de painéis de madeira, e mais um com uma monótona fileira de maçãs e peras marrons. Nosso quarto tinha a estampa mais suportável — delicada e feita de jacintos e videiras entrelaçadas. Eu não gostaria daquele papel de parede na minha casa, mas pelo menos não me deixava agitada como o quarto amarelo ou me deprimia como o quarto das frutas apodrecidas.

O resto da decoração consistia em velhos mapas emoldurados da França, todos com horríveis manchas amareladas nos cantos, onde a umidade havia se infiltrado por baixo do vidro. Pendurado no banheiro, havia um anúncio de teclados Casio que parecia ser de meados dos anos 1980, com um homem de bigode num grande terno laranja, e um teclado embaixo do braço. Passei muito tempo encarando aquilo, tentando entender por que alguém perdeu tempo recortando-o de uma revista, enquadrando-o e colocando-o ao lado da pia.

Erique encheu a pequena geladeira de comida, empilhou pães, suco de laranja e garrafas de água mineral nas prateleiras e depois foi embora em seu carro. Para diversão, havia uma estante cheia de romances franceses, histórias de detetive, guias e livros de história — todos nos estágios iniciais daquele pungente cheiro de livro velho. Tinha também uns jogos antigos de tabuleiro e uma televisão com antena e sem canais a cabo que só sintonizava um canal de desenhos animados americanos dublados em francês, principalmente *Bob l'éponge*, que vivia num abacaxi no fundo do mar.

Para ser justa, acho que a maioria dos franceses que alugavam o lugar trazia suas próprias bicicletas, seus caiaques e teclados Casio ou o que mais achassem necessário. Claude havia insinuado que traria todas essas coisas assim que chegasse aqui, então, tudo o que tínhamos a fazer era "relaxar" — como, todos sabem, é outra maneira de dizer "ficar sentado sentindo as enervantes mãos do tempo subindo os dedos pelas suas costas". Eu não aguentava aquilo, tudo de madeira, quieto e cheirando a alecrim e tomilho. Era como estar num porta-tempero.

Demos uma volta do lado de fora, mas a pequenez dos sapos assustou muito Marylou, principalmente porque eles ficavam pulando pelo caminho quando menos esperávamos, e ela pisou em um deles por acidente e passou por todos os cinco estágios do luto para superar. Marylou é famosa por seus melindres e sua natureza pacífica. Aranhas, traças, baratas e até mesmo moscas... Ela não sabe se defender delas. Em casa, forçava alguém, geralmente eu, a cuidar do problema. Então, matar um sapo quase a matou também. O resto da tarde gastei acalmando-a. Naquela noite jantamos, lemos todos os livros que havíamos trazido e esperamos.

Dois dias se passaram do mesmo jeito. Erique vinha à tarde e nos trazia deliciosas e rústicas comidas francesas e nos olhava, desamparado, às vezes apontando para o relógio ou sacudindo uma garrafa de leite de um jeito expressivo. Nunca fazíamos ideia do que ele estava tentando dizer. A única vez que entendemos foi quando ele nos mostrou um pequeno escorpião morto, riu, tirou o sapato e o sacudiu. Isso nos confundiu a princípio, mas como ele fazia a mesma coisa toda vez antes de ir embora, lentamente começamos a perceber que tínhamos que sacudir nossos sapatos antes de calçá-los, porque poderiam estar cheios de escorpiões.

Estávamos a salvo, bem alimentadas e basicamente bem cuidadas, mas lentamente enlouquecendo. Ou assim pensava Marylou, pela quantidade de vezes que me diagnosticou da cadeira de balanço no nosso quarto. Durante esses dias e noites, já tive: transtorno de ansiedade generalizada, TDAH, transtorno dismórfico corporal, transtorno de ajustamento e cleptomania borderline (porque eu ficava usando a escova dela).

E, finalmente, estava deprimida. Agora, você está atualizado. Esse foi o terceiro dia.

— Você também não está gostando disso — observo.

— Então acho que ou somos duas anormais ou nós duas estamos deprimidas. E por que trouxe isso com você? Não é exatamente leitura para férias.

— É sim, se quer nota máxima. E o que mais tem para fazer aqui?

Marylou tinha razão. Eu estava olhando uma edição francesa da *Vogue* de 1984. Quero dizer, era engraçado olhar os cabelões armados, mas só dá para rir disso por algum tempo. Eu a deixei de lado e peguei o inútil celular francês de cartão que Claude havia arrumado para nós (porque os nossos, americanos, não funcionavam direito e, se funcionassem, gastaríamos um milhão de dólares por segundo).

— Talvez a casa esteja atrapalhando o sinal — digo, sem acreditar nisso nem por um segundo. A última vez em que eu havia visto sinal, estávamos na estação de trem, a mais de 16 quilômetros de distância. — Deve ter *algum lugar* por aqui onde um celular funcione. Preciso descobrir.

— Fique à vontade — disse Marylou, agitando a mão e sem tirar os olhos do livro. — Vai lá tentar.

— Isso não está deixando você nem um pouco nervosa? — pergunto. — Três dias. Ele disse que ia demorar, tipo, um.

— Ele nunca disse isso. Falou que estaria aqui assim que pudesse. Arranjou alguém para nos trazer comida duas vezes por dia, comida realmente boa, e estamos numa casa linda...

— Linda? — repito.

— Estamos numa casa no interior da França. É importante tentar se adaptar a um estilo de vida diferente, um ritmo diferente. Tranquilidade é uma coisa boa.

Estremeço.

— Odeio tranquilidade — digo.

Ela virou para uma página que falava sobre qualquer transtorno caracterizado por ódio de ficar em lugares quietos e remotos.

— Por que você não vem?

— Sapos — diz ela. — Estou bem aqui.

Saí da casa e me sentei no caminho, com as pernas esticadas à minha frente, deixando os minúsculos sapos pularem por meus tornozelos. Pareceram gostar mesmo daquilo. Meus tornozelos eram, certamente, a melhor coisa que acontecera à terra dos pequenos sapos por um bom tempo. Pelo menos era melhor estar ao ar livre e fora da casa sufocante. Comecei a andar de volta para a estrada. Era uma bela vista, sem dúvida. Mas até mesmo a mais bela vista pode se tornar irritante se estiver acompanhada de tédio, isolamento e da dúvida do que diabos está acontecendo. Então, enquanto eu apreciava a suave luz amarela do sol se derramando nas colinas brancas ao redor, as coloridas fachas de plantações de lavanda e o inebriante cheiro de pinho... o que eu *queria* mesmo ver eram tracinhos indicando sinal na tela do meu celular.

Andei por uns 3 quilômetros, com apenas a bela vista como companhia. Sem gente, sem sinal. Passei por um olival, as árvores estavam pesadas de frutos. Vi algum animalzinho peludo correndo alegremente pelo caminho. Fora isso, nada.

Finalmente cheguei a uma pequena casa vermelha, à frente da qual uma pessoa de verdade andava em círculos. Digo andava em círculos porque era realmente o que estava fazendo. Nunca tinha visto alguém *andando em círculos* antes. Feito da maneira certa, andar em círculos é uma coisa meio cambaleante, uma verdadeira falta de objetivo que poderia ser sentida por qualquer espectador. Ele estava circulando pela grama na frente da casa.

O cara em círculos era bem atraente, tinha entre 20 e 30 anos e cabelo meio longo, igual ao de um artista. Estava coberto de terra, nos joelhos, nas bermudas e nas mãos, como se tivesse acabado de trabalhar no jardim. Havia uma cesta de plástico cheia de tomates, pimentões e beringelas no degrau de pedra da entrada. Ele tinha uma expressão totalmente confusa e fumava de um jeito nervoso, como se toda a nicotina do mundo não fosse suficiente e, por isso, tivesse que tragar depressa e com avidez. Ele me viu, piscou algumas vezes, acenou bruscamente e disse *bonjour*. Respondi com outro *bonjour*...

Mas, quando ele começou a falar rapidamente em francês, balancei a cabeça e me aproximei.

— Desculpe — disse. — Não falo...

— Ah — replicou ele rapidamente. — Você é inglesa? Americana?

— Americana — respondi.

O inglês do homem era perfeito, apesar de ele obviamente ser francês. Seu sotaque era leve, só aparecia no final das palavras.

— Meu cão — disse ele. — Estou procurando meu cão. Ele sempre sai por aí caçando coelhos, mas está sumido há horas. Você viu um cão?

— Não — respondi. — Sinto muito.

Pensativo, ele mordeu o lábio inferior e continuou olhando para as árvores.

— Tenho medo de ele ter ficado preso num buraco ou se machucado. — disse ele. — Chamo sem parar, mas ele não vem.

Tragou o resto do cigarro até o filtro e o jogou na grama, ainda aceso. Ele se apagou sozinho.

— Está de visita? —perguntou.

— É... minha irmã e eu... estamos na casa na subida da estrada, e nosso primo...

— Conheço a casa — disse ele.

— Estou tentando dar um telefonema. Nossos celulares não funcionam aqui. Sem sinal.

— Celulares? Ah... Telefones. Sim, não pegam aqui. Desculpe. Não tenho telefone. Meu nome é Henri. E o seu?

— Char... — Todo mundo me chama de Charlie. Mas achei que deveria usar meu nome verdadeiro na

França, para forjar minha nova e mais francesa identidade. — ...lotte.

— Charlotte. Você está com sede? Está muito quente. Gostaria de beber alguma coisa?

Ele acenou para que eu entrasse e, sem esperar minha resposta, pegou a cesta enquanto entrávamos.

— Você plantou isso? — perguntei.

Ele olhou para a cesta. Parecia que tinha esquecido que a segurava.

— Sim — respondeu ele, distraidamente. — Temos uma horta muito boa.

A porta dava diretamente numa grande cozinha de fazenda com um piso áspero de madeira, montes secos de ervas pendurados no teto e um imenso forno vermelho com grandes bocas planas cobertas por uma tampa pesada. A cesta foi para a mesa.

— Tenho limonada — disse ele. — É muito boa.

Eu o agradeci, e ele encheu um copo. Certamente era bem autêntica — tão azeda que quase comecei a lacrimejar. Mas achei que deveria beber tudo de algum jeito, só por educação.

— Está aqui com sua família? — perguntou ele.

Novamente ele falou de um jeito vago, pegando outro cigarro do maço na mesa, acendendo-o e tragando rapidamente.

— Só minha irmã, Marylou — lembrei a ele. — Bem, na verdade Marie-Louise.

Os olhos de Henri ficaram completamente focados, como se ele estivesse me vendo pela primeira vez. Diminuiu o ritmo com que fumava, dando uma tragada longa e colocando o cigarro no cinzeiro.

— Seus nomes são bem engraçados — disse ele. — Muito históricos.

— São?

— Sabe muita coisa sobre a Revolução Francesa? — perguntou.

— Um pouco — respondi. E com "um pouco", quis dizer quase nada, mas ele parecia estar disposto a falar pela maior parte do tempo, então tudo bem.

— Bem, como tenho certeza de que você sabe, o povo derrubou o rei e a rainha, e matou a maior parte da aristocracia. Houve um período chamado o Terror, quando milhares de pessoas foram mortas. Naquela época, havia a Lei dos Suspeitos. Segundo ela, qualquer cidadão determinado a ser inimigo do povo poderia ser preso imediatamente ou executado. Suponho que agora nós os chamaríamos de terroristas... Qualquer um podia ser acusado. Qualquer um podia ser assassinado. Qualquer um podia ser capaz.

Eu só assentia, imaginando aonde aquilo tudo ia levar, mas principalmente tentava descobrir como beber a limonada sem tocar na parte da língua que reagia com mais intensidade ao gosto azedo.

— Marie-Louise era o nome da Princesse de Lamballe, amiga íntima de Marie Antoinette. Foi assassinada nos massacres de setembro de 1792. Sabe o que fizeram com ela?

— Não — respondi.

— Arrastaram-na da prisão em La Force. Uma multidão se juntou em volta dela, rasgando-a em tiras. Decapitaram-na e levaram sua cabeça ao cabeleireiro para ele... como se diz... penteá-la? Depois, colocaram-na numa lança, carregaram-na até a janela de Marie Antoinette e a jogaram lá dentro, como um boneco. E Charlotte... Esse é o nome da mais famosa assassina da França. Charlotte Corday. Ela apunhalou Jean-Paul Marat na banheira. Existe uma pintura muito famosa sobre isso.

— Certo — falei. — Mas nossos nomes são meio comuns.

— São, claro. Isso é verdade.

Henri acendeu mais um cigarro, e notei que ele tremia. Tentou com quatro fósforos antes de acender. Eu meio que sabia do que ele estava falando, mas agora estava pronta para a história acabar. Isso talvez fosse mais do que eu esperava no quesito conversa, e já estava cheia da limonada. Ainda não havia sinal no celular e teria que me apressar para voltar a tempo de começar *Bob l'éponge*.

— É só a história da França — observou ele. — Você aprende quando é criança. Mas isso sempre provou para mim que qualquer um é capaz de matar. Qualquer um. Muitos na revolução disseram que mataram para serem livres, mas isso não explica os linchamentos... O povo que saqueava casas, arrastava pessoas aos berros pelas ruas e rasgava sua carne, a lavadeira que gritou por sangue na guilhotina. Pessoas completamente normais, cidadãos medíocres. Espírito revolucionário, era como chamavam. Nunca foi o espírito revolucionário. Era o espírito de assassinato. É assim na França, e é assim em qualquer lugar...

Agora havia, oficialmente, algo esquisito em Henri, pelo menos a meu ver. Talvez fosse apenas uma maneira francesa de ser amigável: uma historinha do passado sobre assassinatos em massa para quebrar o gelo. Ele continuou falando sobre diversas atrocidades até eu finalmente ter de dar um fim naquilo.

— Se importa se eu usar seu banheiro? — perguntei, enquanto ele recuperava o fôlego entre as frases.

O pedido pegou Henri de surpresa por um momento, e ele se atrapalhou um pouco com seu cigarro.

— Sim... Claro. O banheiro fica no alto da escada.

A casa de Henri era muito melhor que a nossa, o que fazia sentido, já que ele morava lá. A sala de estar era muito arrumada. Não havia televisão — apenas um monte de estantes de livros, alguns equipamentos fotográficos, uma impressora imensa e algo que parecia ser um belo aparelho de som. As paredes eram cobertas de fotografias artísticas: algumas de paisagens e outras de Henri e uma mulher, que presumi ser sua esposa. Numa delas, perto do alto da escada, a mulher estava completamente nua... Mas era de muito bom gosto e francês e meio comovente. Havia pilhas de livros em toda a parte e alguns brinquedos de cachorro espalhados pelo chão.

O banheiro ficava à direita do final da escada, como ele dissera. Era um cômodo vazio de azulejos azuis. Não havia toalhas, nem tapete, nem cortinas, nem papel higiênico, nem uma cortina para o chuveiro — nada. Nem sabonete havia. Era como se ninguém morasse na casa, ninguém nunca usasse o banheiro.

Quando desci a escada, Henri estava parado na soleira da porta. Tinha começado a ventar, e a grande porta vermelha batia do lado de fora da casa. O vento chicoteava para dentro do corredor e fazia coisas flutuarem para todo canto. Nada disso parecia incomodar Henri.

— Uma tempestade, acho. Acredito que essa noite. Posso lhe oferecer algo para comer?

— Não — respondi rapidamente. — Tenho que voltar. Minha irmã... ela vai ficar preocupada.

— Ah, sim. Sua irmã.

— Suas fotos são muito bonitas — falei. — Aquela é sua esposa?

Ele parecia não ter a mínima ideia sobre o que eu estava falando.

— As fotos ao longo da escada — observei, apontando para uma dúzia ou mais de fotos emolduradas.

— Minha esposa — repetiu ele. — Sim. Minha esposa.

— Vamos continuar aqui por um tempo — falei, passando por ele e saindo da casa. — Vou ficar de olho em algum cachorro perdido.

Andei de volta para casa depressa, querendo colocar o máximo de distância possível entre Henri e eu. O vento soprou infernalmente durante todo o caminho, jogando terra e pólen em meus olhos. Eu estava descabelada e meio cega quando cheguei no nosso quarto, onde Marylou continuava exatamente na mesma posição, com seus pequenos pés enfiados debaixo da cadeira. Ela havia fechado as persianas azuis do quarto para bloquear o vento, por isso, o lugar estava razoavelmente escuro, iluminado apenas por uma antiga lâmpada num dos cantos.

— O pessoal daqui é meio estranho — falei.

Marylou levantou os olhos do *Grande Livro dos Loucos*.

— Defina estranho.

— Estranho do tipo, passei por uma casa no caminho e o dono estava igual a um zumbi procurando por seu cachorro, e só falava da Revolução Francesa e do espírito de assassinato e alguma coisa sobre lei suspeita. Ele era muito estranho. Não tinha nada no banheiro...

— Charlie — disse ela, colocando o polegar no livro e o fechando. — Achei que tinha parado com isso.

— Estou falando sério.

Mas era óbvio que ela não acreditava em mim.

— A gente deveria simplesmente voltar para Paris — continuei. — Voltar para a cidade, pegar o mesmo trem que pegamos para vir. Esse lugar é um saco.

— Exceto que Claude provavelmente está a caminho daqui. Então chegaríamos lá e não teríamos para onde ir. Não teve sorte com o telefone?

Faço que não com a cabeça.

— Bem, Erique trouxe as compras enquanto você estava fora. Acho que devemos comer.

Erique havia trazido comidas deliciosas para a gente — frango assado, pão, tomates e um queijo macio cheio de lavanda. E ainda havia mais suco de laranja morno. O vento batia na casa enquanto Marylou preparava a mesa de Hobbit com os pesados pratos azuis e brancos do armário. Ela também fechou as persianas da cozinha, que ficou escura. Sentei num dos bancos, olhando os padrões dos nós e sulcos na madeira da mesa.

— Vamos lá — disse ela. — Coma. Esse lugar não é tão ruim. Experimenta isso.

Ela cortou um pouco do frango com o garfo e me deu um pedaço do queijo e do pão. Tudo estava delicioso — o frango crocante cheio de tomilho, o queijo com seus lindos flocos roxos de lavanda. Acho que eu deveria ter me sentido contente e francesa, a salvo e aconchegada, com o vento uivando lá fora. Mas não. Eu me sentia ligeiramente enjoada.

— O que há com você? — perguntou ela.

— Foi aquele cara e sua história bizarra.

— Tudo bem — disse ela, espalhando queijo abundantemente num pedaço de pão. — O que ele falou que te assustou tanto?

Contei a ela tudo que conseguia lembrar sobre a história de Henri, me esforçando muito para repetir os fatos exatamente como eu os havia escutado. Quando terminei, Marylou simplesmente balançou a cabeça.

— Então ele gosta de história — comentou. — E é um pouco mórbido. Não pode simplesmente classificá-lo como louco, Charlie.

— Esse não é o termo que gostamos de usar. — Eu a corrigi.

Marylou riu com isso. Senti-me um pouco melhor desabafando sobre a história. O vento não parecia mais tão barulhento. Peguei um pedaço grande de frango e conversamos sobre outras coisas por um tempo, como o fato de Marylou ter achado um par de raquetes e umas bolas enquanto eu estava fora, então podíamos transformar nossa mesa num paraíso de pingue-pongue. Estávamos acabando de comer quando fomos surpreendidas por uma batida na porta. Marylou deu um pulo para atender.

Não era Claude, como esperávamos. A novidade era um pouco melhor que isso. Era um garoto, talvez da idade de Marylou. Era alto e esguio, com cabelo escuro enrolado e curto, mas irregular. Usava uma camiseta esfarrapada do Led Zeppelin e jeans rasgados cortados nos joelhos. Havia um ramo verde de alguma coisa preso em seu cabelo, de alguma das muitas plantas que nos cercavam. E estava suando intensamente. Tirando tudo isso, era bonito. Na verdade, muito bonito.

Ele abriu a boca para falar, mas comecei primeiro, só para já deixar claro:

— Desculpe, não falamos francês.

— Meu inglês é razoável — disse ele, entrando timidamente e olhando em volta de nossa cozinha do Condado. — Meu nome é Gerard. Moro na vila. Vi vocês mais cedo, andando. Achei que deverria vir, dizer olá.

Ficamos olhando estupidamente para ele. Acontece que, quando se está enfurnada numa cabana francesa há intermináveis dias e, de repente, aparece um garoto, você basicamente fica desnorteada. As habilidades sociais saem voando pela janela.

— Olá — cumprimentou Marylou finalmente. — Você quer... Hum... Um pouco de frango? Ou queijo ou...

Ela apontou para a carcaça de frango despedaçado na mesa, o queijo quase acabado e os restos de pão.

— Uma bebida! — Eu exclamei, lembrando-me da hospitalidade mais cedo. — Temos suco de laranja!

— Uma bebida. Obrrigado.

Dei um pouco de suco de laranja para Gerard, e ele se sentou à mesa conosco. Baixou os olhos para o copo timidamente. Era um rapaz forte, do tipo que parecia ter sido criado nesses gloriosos campos e desenvolvido músculos fortes fazendo queijo ou qualquer coisa que se possa fazer quando se é um francês alto em fase de crescimento em uma adorável vila no meio do nada.

— Você é?

— Sou Charlie. Charlotte.

— Charlie Charlotte?

— Qualquer um — balbuciei.

— E eu sou Marylou — acrescentou minha irmã. Ela tinha visto como me atrapalhei, e então resolveu não falar o nome francês.

— O que fazem aqui? — perguntou ele.

Atropelei Marylou e comecei a contar a Gerard tudo sobre a história do Sr. 56E, Claude, as armaduras para bebês, Erique, os pequenos sapos, tudo até chegar a Henri e sua narrativa de aflição, maldição e esquisitice. A última parte pareceu prender a atenção de Gerard, porque ele me encarou durante todo o tempo em que eu estava falando, seus olhos castanhos brilhantes encaravam bem os meus.

— Henri parrece gostar de histórria — comentou ele, mas certamente não parecia feliz com isso. Presumi que Henri tivesse um hábito de falar de morte, caos e história para qualquer um que chegasse perto. Gerard tinha aquela expressão de quem já ouvira aquilo tudo antes.

— O que você faz? — perguntou Marylou.

— Faço faculdade em Lyon. Estudo psicologia.

Ah, a alegria no rosto de Marylou. Um espírito da mesma natureza. Ela começou a tagarelar tudo sobre os bons tempos que passara no laboratório de psicologia atormentando outros alunos por oito dólares a hora. Gerard assentia e ocasionalmente comentava alguma coisa. Cheguei à conclusão de que ele tinha 19 anos, estava na faculdade há um, e não estava tão animado em estudar psicologia quanto Marylou. (Ninguém poderia estar mesmo.) Ele ficou ouvindo por uma hora, mas notei que ele olhava mais para mim do que para Marylou.

Isso era meio estranho. Eu havia achado que Gerard ficaria mais interessado na mais velha, mais sã e que estivesse mais por dentro de seus interesses, porém não era o caso. Toda vez que Marylou desviava o olhar, os olhos dele encaravam, definitivamente interessados, os meus, e eu me contorcia um pouco de animação. Não me incomodava *nem um pouco* com a França agora que Gerard estava na história.

— Esse *MD*... *MD*... — disse ele respondendo a alguma coisa que Marylou estava dizendo.

— O *MDE-IV* — completou ela.

— Sim. Gostaria muito de vê-lo. Você disse que está com ele aqui?

— Claro! — Marylou disparou da cadeira e subiu correndo as escadas até nosso quarto.

No momento em que ela saiu, Gerard se debruçou na mesa, aproximando-se do meu rosto.

— Me escute — pediu ele. — Se quiser viverr, se ama sua irmã, siga-me agorra.

— O quê?

Ele pegou meu celular e saiu correndo.

OK. Então você está no meu lugar. Está sentada ali com um dos caras mais gatos que já viu na vida. E ele pergunta se você quer viver. E rouba seu celular. E diz que você tem que ir atrás.

Você o segue, certo? Afinal, o que mais poderia fazer? Certo?

Talvez nem todo mundo tivesse feito isso. Acho que algumas pessoas teriam imediatamente trancado a porta atrás dele e começado a gritar. Se eu fosse você, caso seja uma dessas pessoas, esta história teria terminado de uma maneira bem diferente.

Mas fui voando atrás dele, gritando seu nome. Gerard era veloz e alto, com pernas bem mais compridas. Ele rapidamente ganhou distância de mim. Eu o segui até a estrada de terra, onde ele fez uma curva e foi em direção às árvores. Fui atrás.

Então, ele sumiu. Eu estava simplesmente parada no meio da floresta.

— Não vou machucá-la — disse Gerard.

Ele saiu de trás de uma árvore que estava às minhas costas. Afastei-me, finalmente percebendo que seguir um ladrão até o meio do nada é uma escolha bem estúpida.

— Ah! — respondi.

— Isso é imporrtante, Charlie — avisou ele, se aproximando. — Contou a história parra sua irmã? A que Henri lhe contou. Você a repetiu toda?

Essa era a última coisa que eu esperava ouvir, e provavelmente não era o tipo de coisa que uma pessoa que planeja atacá-la diria.

— O quê?

— Precisa me dizer, Charlie! Você contou a histórria a ela? Sobre a Lei dos Suspeitos?

— História? — repeti. — Aquela história idiota que Henri me contou? Sim! Contei tudo para ela!

Aquilo o atingiu como um golpe. Todos os músculos de sua face pareceram amolecer. Ele se encostou em uma árvore e olhou para os galhos com desespero. Soltou o ar uma vez, muito lentamente, e olhou de novo para mim.

— Vou lhe mostrar uma coisa — disse. — Você não vai gostar. Mas prrecisa ver parra entender o que está acontecendo.

Ele tirou sua bolsa do ombro. Retirou dela o que parecia ser lixo. Só um bolo de sacolas plásticas. Ele as sacudiu, e algo caiu no chão. Algo pequeno, como um pássaro. Morto.

E lembro-me de ter pensado: *Por que diabos ele está carregando um pássaro morto por aí?* Então meu cérebro continuou tentando resolver a questão e, depois de um tempo, chegou à conclusão de que a coisa não era um pássaro. Essa era a boa notícia. A má era que se tratava de uma pequena...

Mão.

Tirada de um corpo.

Uma mão decepada azulada e pálida, sem sangue — habilmente cortada no pulso, na altura em que se usa o relógio. Estava muito suja. Era um pouco pequena, mas talvez todas as mãos pareçam pequenas quando estão... desconectadas.

Por um momento não senti nada, depois fiquei muito tonta. Circulei por várias emoções, na verdade. Sentia minha cabeça flutuando. Ri. Tossi. Tropecei e caí de quatro.

— Achei isso na casa de Henri — explicou ele, como se minha reação fosse exatamente o que ele esperava. — Estava enterrada pela metade no jarrdim ao lado das *aubergines*. Alguma coisa a desenterrou e a deixou à mostrra. Acredito que seja da esposa de Henri. O resto dela... Acho que também está lá. Agora você deve me escutar. Sua vida depende disso.

Coloco o rosto no chão, acidentalmente inalando um pouco de terra pelo nariz. Acho que estava respirando muito rápido. Tinha cheiro de cogumelos, assim de perto.

— Charlie — disse Gerard —, pode estar enjoada, mas agorra não é a horra...

— Não é?

Eu estava rindo de novo e cheirei mais terra. Ele me puxou por baixo dos braços e me colocou de pé.

— Polícia — balbuciei.

— Não temos tempo — respondeu ele, me encostando numa árvore e me deixando recuperar o equilíbrio. — Agorra prrecisa ouvir e tentar entender. Não podemos ajudar essa pessoa...

Ele apontou para a mão, que ainda estava simplesmente jogada ali, com a palma para cima, observando nossa conversa de um jeito passivo, meio de mão decepada.

— Mas podemos salvar você. E sua irmã também. Qualquer uma das duas pode estar infectada. Você pode ter passado parra ela.

— Do... que... está... falando?

— É culpa minha — disse ele, lamentando-se. — Tenho que consertar isso.

Gerard pegou um galho e o usou para esticar o plástico por cima da mão, para que eu, finalmente, parasse de encará-la. Levantou meu queixo para que eu olhasse em seus olhos.

— Há três semanas — começou ele —, um psicólogo muito famoso morreu em um acidente de carro com a esposa. Ele deixou sua biblioteca e estudos parra minha universidade. Milharres de livrros e papéis. Sou um dos cinco alunos que pedirram para olhar os papéis, lê-los e separrá-los. Li uma dúzia de caixas, talvez mais. Alguns dias atrás, vim parra casa visitar minha prima. Tive permissão de trazer alguns papéis. Eu os li no trrem. A maioria erra muito chata, mas então, achei uma pilha de papéis que pareciam muito antigos. No meio havia um bilhete com a letra do psicólogo que dizia: "Não leia." Então eu li. Pelo menos a maior parte. Parrece que ele estava estudando o impulso de matar, como pessoas normais podem matar.

Quase ri e quase disse "Normal não é um termo que gostamos de usar." Mas eu tinha certeza absoluta de que se tentasse falar iria vomitar.

— Esse psicólogo — prosseguiu Gerard — erra um grrande homem, mas quando envelheceu, começou a estudar temas que muitos achavam ridículos, áreas muito obscuras da psicologia. Esses papéis falavam de uma histórria que incitava as pessoas a matarrem depois de a terrem ouvido. A histórria era sobrre a Revolução, sobre o espírito de matar. Sobre a Lei dos Suspeitos. Uma vez que você a escuta, vai matar alguém prróximo antes da manhã seguinte. Os papéis diziam que só uma pessoa fica... infectada... de cada vez. Como uma maldição. Depois que a pessoa mata, sente necessidade de contar a história para outra e, então, se suicida.

"Uma cópia dessa histórria mortal estava anexada, junto aos muitos bilhetes de aviso. Não havia indicação de que ele a havia lido. Na verdade, parrecia que não. Havia simplesmente achado a última cópia conhecida e guardado. Um impulso acadêmico. Você não pode se livrrar de um documento importante, não importa o quão perigoso seja. As notas indicavam que a história estava numa carta de 1804. Estava perdida fazia muitos, muitos anos, mas ele havia descoberto, e desejou que não o tivesse. Não levei a sérrio. Não é científico. É ridículo. Parei de ler e dormi.

Então balançou a cabeça miseravelmente.

— Quando cheguei à casa da minha prima, contei a histórria enquanto tomávamos café. Ela riu e pediu parra ver os papéis. Não erram secretos, então mostrei. Naquela noite saí com amigos. Fiquei forra até bem tarde. Entrei em casa e fui logo dormir...

Era nitidamente difícil para Gerard contar essas coisas. Mas não tinha dúvida de que era verdade. Mentirosos são bons em enxergar a verdade. A cor havia sumido de seu rosto, e ele estava puxando os cabelos. O choque causado pela mão virou horror, um horror que se infiltrou por meus ossos e me deixou incapaz de me mover.

— Na manhã seguinte, a casa estava quieta. Minha prima e seu marrido não faziam barulho. Depois de algum tempo fiquei prreocupado. Abri a porta do quarto. Foi quando encontrei o marrido dela. Havia sido apunhalado com o saca-rolha, bem no ouvido. Minha prima estava no closet. Tinha se enforcado com... o cinto... do vestido. Isso foi há três dias.

Lembrei-me do carro de polícia e da ambulância. Devia ter sido aquela casa. Havíamos passado bem ao lado dela e não fazíamos ideia.

— A polícia achou que ela talvez tivesse enlouquecido, que havia sido um ataque de ciúmes, mas eu conhecia minha prima. Não havia nada de errado com ela até ler a histórria. Não sei como isso funciona, nem por quê. A história da Lei dos Suspeitos é real, e eu a trrouxe de volta quando vim para cá com esses papéis. Não consegui entrar novamente na casa por um dia inteiro, mas quando entrrei... os papéis não estavam lá. Perguntei à polícia se eles tinham pegado, mas não tinham. Lembrei que o psicólogo dizia que a história era repassada antes da morte. Achei que minha prrima havia mandado os papéis parra alguém. Durante os dois últimos dias tenho observado seus amigos. Vi Henri na vila essa manhã, pegando a correspondência. Mais tarde fui até a casa dele. Vi você lá. Eu o vi sujo de mexer no jardim, agindo de forma estranha. Fui até o jardim enquanto você estava lá dentrro com ele. Achei isso...

Ele apontou para a mão coberta de plástico.

— Não vi sua esposa de novo. Você viu?

— Não — respondi, conseguindo encontrar minha voz de novo. — Ele disse que estava procurando o cachorro.

— O cachorro — repetiu ele, assentindo. — Sim. Isso faz sentido. O cachorro estava sempre atrrás da mulher.

Quando o marrido a atacou, imagino que o cachorro tenha tentado impedir. Também deve estar morto.

— Então você está dizendo que Henri está infectado pela *história de uma carta*, e por isso matou a mulher?

— Eu mesmo não quero acreditar nisso. Mas minha prrima e seu marrido estão mortos. E Henri acaba de enterrar um corpo no jardim. E ele contou a você exatamente a mesma histórria que descrevi. Os prróximos passos são claros. Henri vai morrer, e você ou sua irmã serão infectadas. Só pode ser uma pessoa. Portanto, antes de a noite acabar, uma matará a outrra e depois cometerá suicídio.

Isso não era possível. Nada disso era possível. Mas havia aquela mão. E eu me lembro de como me senti depois de Henri falar comigo. Não parecia certo. Não era *normal*. Algo havia acontecido.

— De acordo com suas anotações — continuou ele —, existe uma solução. *Houve* casos em que pessoas foram poupadas porque ficarram em segurança, ou sozinhas. Vocês duas devem ficar em lugarres onde não podem machucar ninguém.

Um silêncio caiu entre nós. Ao longe, eu escutava Marylou me chamando. Isso me levou de volta à realidade de estar no meio da floresta com Gerard e aquela mão.

— Por favor, Charlie — implorou ele, se levantando. — Não volte. Olha, eu tenho... Tenho água e comida. Aqui. Suficiente parra uma noite.

Mais coisas surgiram da bolsa. Uma garrafa de água. Alguns chocolates. Uma lanterna pequena. Ele colocou a comida no chão e a lanterna na minha mão.

— Henri sabe o que fez. Ele repassou a histórria. Seu tempo está acabando. Se você for agora, se aguentar até de manhã, ficarrá bem. Você simplesmente prrecisa ficar isolada. Pegue essas coisas e passe a noite aqui, o mais longe possível da casa. O mais longe possível da vila. Perca-se.

— Ah! — Falei, agora rindo. — Entendi. Fico perdida no mato durante uma noite. Parece ótimo, Gerard. Parece um bom plano. E por que precisava me contar isso aqui fora?

— Sua irmã não acrreditaria em mim — explicou ele, com simplicidade. — Mas achei que você acreditaria. Esperro que acredite.

O céu havia escurecido, e o ar ficara mais denso. A tempestade que Henri prometera estava bem em nossas cabeças, esperando para desabar. Olhei para a água e para os chocolates. E para a comida, que estava guardada numa bolsa junto à mão decepada.

— Você está certo sobre uma coisa — falei. — Precisamos dar o fora daqui.

Virei-me e comecei a andar de novo. Escutei Gerard me chamando, implorando, mas continuei andando. Ele não me seguiu.

Enquanto empurrava os galhos, seguindo o som da voz de Marylou até em casa, pensei na minha situação. Aquela mão era verdadeira, eu tinha certeza. Essa era a grande questão. Alguém estava morto. E o banheiro vazio de Henri, sem nada que pudesse... absorver sangue. Nem toalhas nem papel. Se eu fosse esquartejar um corpo, faria numa banheira. Depois, lavaria a banheira e limparia com alvejante. Em seguida, jogaria fora todo o resto. Sim, fazia sentido. E Gerard, traumatizado, achava que isso tudo era fundamentado em alguma história. O pesar e a culpa o confundiram. Mas ainda existia um perigo ali, e esse perigo era Henri. Henri sabia onde morávamos. Sabia do problema em nossos telefones. Sabia que estávamos sozinhas. O que significava que eu tinha que convencer Marylou a fugir *imediatamente.*

Tudo parecia embaçado e estranho. Comecei a correr, sem prestar atenção nos pequenos sapos que pudessem estar sob meus pés, sentindo-me pulando com cada passo. O céu lentamente foi escurecendo, parecia uma das paisagens que Van Gogh pintava: nuvens em espiral em uma brilhante paleta de cores do pôr do sol. A vista da casa latejava com minha pulsação. Marylou estava me esperando na porta aberta, parecia furiosa e ainda segurava seu confiável *MDE-IV.*

— Aí está você! — disse ela. — Saio por dois minutos, e você some! O que está acontecendo?

Empurrei-a para dentro e tranquei a porta atrás de mim.

— O que foi? — perguntou, enquanto eu desabava em um dos bancos da cozinha. — Charlie, você parece doente. Está tão pálida.

Ela *não* iria acreditar na mão. Não iria, não iria, não iria acreditar. Seria preciso outra coisa, algo mais plausível. Seria preciso uma mentira. Uma maratona de mentiras.

Inventei uma em um segundo.

— Gerard — comecei. — Aquele cara. Ele é maluco. Roubou meu celular e saiu correndo. Fui atrás dele, e ele tentou me atacar. Consegui fugir por pouco. Ele ainda está por aí. Temos que sair daqui.

— O quê? — perguntou ela, sentando-se ao meu lado e colocando um braço em volta dos meus ombros. — Charlie... Ele machucou você?

— Estou bem. Bati nele com isso. — Levantei a lanterna. — Não sei o que ele ia fazer com ela, mas arranquei-a da mão dele e o acertei. Na cabeça, com força, e ele fugiu. Agora temos que sair daqui, ir até a vila, pedir ajuda. *Isso não é mentira.* Olha para mim.

Eu podia ver Marylou testando a veracidade da minha história em sua cabeça. Tenho que admitir, meu desempenho foi maravilhoso. O que eu estava dizendo não era bem verdade, mas o sentimento por trás certamente era. Meu medo era real. E eu estava com a lanterna dele. E ela provavelmente o vira correndo. Havia muitos fatos confirmando minha história.

Marylou se levantou e andou pela cozinha enquanto considerava os fatos. Percebi algum vislumbre de aceitação em seu rosto.

— Quantos anos acha que ele tem? — perguntou. — Dezoito? Dezenove? É comum para pessoas dessa idade ter um pequeno surto psicótico.

— Isso é tranquilizador — respondi, engolindo com dificuldade.

— Se ele está lá fora, temos que ficar aqui dentro. Temos que trancar tudo.

— Não — rebati rapidamente. — Ele disse que voltaria. Disse que iria entrar. Essa é nossa única chance. Se formos imediatamente, podemos chegar à cidade antes que ele nos alcance.

Marylou se afastou do banco e colocou as mãos nos quadris, olhando, preocupada, em volta da cozinha.

— Certo — disse. — OK. Aqui.

Ela foi até o cabideiro nos fundos da cozinha e tirou duas pesadas capas de chuva verdes que estavam penduradas ali.

— Coloque isso — ordenou, largando uma das capas na mesa. — Vai chover.

Ela remexeu numa das gavetas e pegou uma grande faca, que entregou para mim.

— Esconde isso em algum lugar — disse ela.

— Para que isso?

— Proteção. Vou fechar o resto das janelas lá em cima. Você fecha as daqui de baixo.

E subiu as escadas. Fui até os outros dois cômodos e fechei as janelas, em seguida vesti minha capa.

— Encontrei isso também — avisou, correndo de volta pelas escadas. Era um pedaço de cano pesado, com cerca de 30 centímetros, que parecia ser parte de alguma coisa bem maior. — Se ele chegar perto da gente, isso vai apagá-lo.

Minha irmã era surpreendentemente boa com armas improvisadas, especialmente para alguém que não conseguia lidar nem com uma aranha. Se Gerard estivesse por perto, rezei para que ele simplesmente nos evitasse.

O ar tinha um gosto úmido, e tudo cheirava profundamente a terra e lavanda molhada. Era um céu estranho, tudo ficando embaçado e confuso na luz difusa e esverdeada. Os sapos pulavam a toda velocidade, praticamente tivemos que dançar pelo caminho para evitá-los. Além do canto enlouquecido das cigarras, não havia outro barulho que não nossos passos no cascalho. As árvores e o ar pesado pareciam absorver e abafar qualquer outro ruído.

Não vimos ninguém em nosso caminho. Marylou estava com o cano a postos o tempo inteiro. Começou a chover cerca de 1 quilômetro depois. A chuva veio com força, fazendo um barulho ensurdecedor nos capuzes das pesadas capas. Os buracos cheios de água na estrada eram impossíveis de se ver, então acabávamos caindo neles.

A chuva, porém, apresentava uma vantagem: atrapalhava a visibilidade. Quando chegamos à casa de Henri, foi fácil bloquear o campo de visão de Marylou e mantê-la olhando para o outro lado para que não a notasse entre as árvores. Passamos por ela mais alguns metros, antes de minhas ilusões de segurança serem destruídas. Encontramos Henri parado no meio da estrada, olhando para o nada. Ele ergueu uma das mãos em um aceno distraído. Não parecia reparar na chuva torrencial. Um cigarro estava se desintegrando em sua mão.

— Meu cão — disse em voz alta. — Não consigo achar meu cão.

Não havia nada que eu pudesse fazer. Marylou imediatamente estava tagarelando sobre nosso dilema para Henri, que não parecia entender nem uma palavra, mas apontou de volta para sua casa. Marylou o seguiu. Então fiz o mesmo.

A cozinha estava úmida. Henri havia cortado cebolas. Montes delas. Estavam empilhadas no balcão, uma dúzia ou mais. A tábua de cortar na mesa tinha outra pilha alta de cebolas fatiadas e picadas, e também uma tigela transbordando ao lado.

— Estou fazendo sopa — comentou, sem entonação. — Sopa de cebola.

Uma pequena televisão e um aparelho de DVD estavam na beirada da mesa. Passava *Missão Impossível* (em francês, é claro), e Tom Cruise corria daquele jeitinho Tom Cruise.

— Precisamos chamar a polícia — disse Marylou. — Um garoto veio até nossa casa hoje. Qual era o nome dele? Ger... Gerald?

Não fiz o menor esforço para corrigi-la, mas ainda assim a vila era pequena e Henri sabia de quem ela estava falando.

— Tem um *Gerard* — corrigiu ele.

— É esse! — assentiu Marylou. — Meio alto? Cabelo escuro enrolado?

— Parece o Gerard.

Henri não agia como se estivesse muito preocupado com isso. Puxou um bulbo de alho de uma corda pendurada no canto e se sentou em frente à tábua. Levou um instante para colocar um novo cigarro na boca, mas não o acendeu. Então ele pegou a enorme faca. Tentei alcançar Marylou para puxá-la para trás, mas ele simplesmente amassou o alho com a lateral da faca para descascá-lo.

— Minha mãe cozinhava as cebolas por horas — contou ele. — Em duas garrafas de vinho. Ela as acrescentava lentamente, gota a gota.

Smack, smack, smack. Triturou cada dente de alho, despedaçando a casca fina como papel e tirando-a com os dedos. Marylou me olhou de lado e tentou falar novamente. O calor e o cheiro úmido das cebolas na cozinha tiravam meu fôlego.

— Um telefone — disse ela. — Precisamos chamar a polícia. Ele atacou Charlie.

— Ele a atacou? — perguntou Henri, não parecendo muito preocupado. — Isso me deixa surpreso.

— Atacou — confirmou Marylou, espalhando assim minha mentira.

— Bem, ele não pode machucá-las aqui. Sentem-se. Vão ficar bem. Estão a salvo aqui. Minha esposa... Mas ela não está em casa agora.

Havia uma estranha omissão naquela frase.

— Conhecem esse filme? — perguntou ele, apontando a faca suja de cebolas para a tela. — É muito americano, mas eu gosto. Vejam.

— A polícia — repetiu Marylou.

Henri continuou fatiando. Precisava fazer alguma coisa — procurar um telefone, um computador. Marylou havia escondido o cano embaixo da capa. Se alguma coisa desse errado, com sorte ela o usaria.

— O banheiro — falei, usando minha velha desculpa. — Posso...

Ele agitou a faca, dando permissão.

No escuro, sabendo o que sei nesse momento... nada era mais horrível que aqueles degraus sombrios, a dúzia de fotos da esposa de Henri. Nunca me senti tão assustada. Tão sozinha. Tão amaldiçoada.

Quando cheguei ao topo da escada, Gerard cobriu minha boca com sua mão e me puxou para dentro do **banheiro**; fiquei, na verdade, bastante aliviada. Seu outro braço estava em volta do meu corpo, segurando-me e me imobilizando. Ele se inclinou para bem perto de mim, tão perto que conseguia sentir seu calor, o leve cheiro de suor e do campo e sua respiração na minha orelha.

— Segui vocês até aqui — disse ele bem baixo. — Subi em uma árvore e entrrei pela janela. Vou deixar você ir. Não grrite. Vou confiar que não vai grritar.

Ele soltou a minha boca e depois meu corpo.

— Por que disse que eu a ataquei? — perguntou.

— Eu tinha que dizer alguma coisa — sussurrei. — Alguma coisa para forçar Marylou a sair.

Gerard parecia um pouco magoado, mas assentiu.

— Nunca deveriam ter vindo para cá...

— Foi Marylou — expliquei.

— Henri tem um carro. Não sei onde estão as chaves. Quando você descer, procure por elas e guarde-as. Depois ponha sua irmã no carro e dirija para longe daqui. Vocês vão ficar bem desde que Henri continue vivo. Vá para um lugar segurro. Vá até a polícia...

— Você quer que eu *roube o carro dele*?

— É melhor que a alternativa. Faça como estou dizendo dessa vez. Por favor.

Não sei por que eu estava dando ouvidos a Gerard. Das duas pessoas envolvidas nisso, ele era consideravelmente a mais estranha. Tudo o que Henri havia feito fora contar uma história e preparar uma sopa. Na competição de loucura, Gerard estava a quilômetros à frente, a julgar pelos fatos, mas, ainda assim... eu acreditava nele. Acreditava que Henri tivesse feito uma coisa muito, muito terrível e que corríamos um grande perigo.

— Marylou *não* virá junto se eu roubar um carro — expliquei, apoiando-me na parede.

— Não mesmo — concordou ele. — Sua irmã vai ter que ser levada à força. Dope ela. Posso ajudá-la nisso. Espero do lado de fora e, quando você sair com as chaves, dou um soco nela. Vai ser bem rápido. Ela vai sentir mais tarde, mas é melhor que a alternativa.

Lá vinha ele com "a alternativa" de novo, tudo isso enquanto falava casualmente sobre sair no meio da escuridão e dar um soco na minha irmã.

— O quê? — perguntei.

— Sei como se faz.

— Como?

— Fui salva-vidas — respondeu ele simplesmente. — Você aprende como se faz isso quando as pessoas se debatem ao se afogarem. Prrecisa atingir o queixo. Levar um soco é...

— Eu sei — interrompi. Claramente Gerard aprendera muito bem a frase "melhor que a alternativa" em suas aulas de inglês. Não que eu soubesse o que ele queria dizer com aquilo. — Não tem outro jeito? E você está dizendo que essa alternativa...

— Vocês não têm tempo parra esperrar. Desça novamente, prrocure as chaves e...

Antes de ele dizer qualquer outra coisa, a porta se abriu com violência, e ali estava Henri, parado com um pequeno rifle de caça nas mãos.

— *Bonsoir*, Gerard — disse.

Henri nos levou de volta para a cozinha. Sua arma estava apontada para Gerard o tempo todo, mas eu tinha razoável certeza de que ele não se importaria de usá-la em mim também. Quando chegamos lá embaixo, ele fez Gerard sentar numa cadeira e educadamente pediu a Marylou que o amarrasse com um rolo de corda que ele tinha perto da porta: tornozelos e pulsos.

— Precisa chamar a polícia — disse Marylou, provavelmente pela décima vez.

— Precisamos amarrá-lo antes — retrucou Henri. — Por favor, deixe bem apertado.

Marylou não parecia feliz, mas se ajoelhou atrás de Gerard e o amarrou, dando nó em cima de nó. Gerard se retraiu, mas nem uma vez tirou os olhos do rosto de Henri.

— Então, por que não levamos seu carro até a cidade? — perguntou Gerard. — Quer me entregar à polícia, vá em frente.

— Sem gasolina. Eu ia a pé pegar mais de manhã. Agora...

Por um momento, ele pareceu distraído olhando Tom Cruise em sua pequena televisão, mas logo voltou a prestar atenção ao que estava acontecendo.

— Tem dado trabalho a essas garotas — disse ele. — Entrou sem permissão na minha casa. O que exatamente está fazendo, Gerard?

— Abra minha bolsa e verá.

Henri puxou a bolsa-carteiro esfarrapada de Gerard com o pé, abaixou-se e abriu o fecho com uma das mãos, jogando o conteúdo no chão. As barras de chocolate e as garrafas de água estavam lá; Gerard deve tê-las guardado novamente. Havia também uma pequena faca.

— O que é isso? — perguntou Henri, segurando-o.

— Bem — retruquei depressa —, também temos uma faca.

— Charlie! — gritou Marylou, virando-se para mim.

— Vocês têm? — perguntou Henri, soando profundamente despreocupado.

— Por causa dele — disse Marylou, apontando para Gerard. — Trouxemos para nos proteger.

Tentei dizer "A gente não teria machucado você, pelo menos eu não teria" com o olhar, mas parecia uma coisa difícil de se transmitir. Nem tenho certeza se Gerard ainda ligava a essa altura. Estávamos todos armados até os dentes, mas Henri era o *mais* armado, e Gerard estava amarrado a uma cadeira, por isso, a contagem de facas era discutível.

De qualquer maneira, havia um problema muito maior naquela bolsa, e Henri estava chegando até ele. O rapaz tinha alcançado o monte de sacos plásticos e desembolava-os com uma série de sacudidelas.

Então a mão caiu no chão. Gerard e eu sabíamos o que era, mas Henri e Marylou tiveram que olhar melhor.

— Isso é um pássaro morto? — perguntou minha irmã, fazendo careta.

— Não parece um pássaro — disse Henri sombriamente.

Acho que ele entendeu bem rápido. Demorou mais um instante para Marylou, e então ela gritou. No meu ouvido.

— Achei isso no jardim, bem aqui nessa casa — disse Gerard. — O cachorro desenterrou, Henri? Ou foi algum outrro animal? O cachorro tentou te impedir enquanto você matava sua mulher? Você ao menos sabia o que estava fazendo? Cadê sua mulher, Henri? *Onde está sua mulher?*

O silêncio que se seguiu tinha uma atmosfera horrível e deprimente. Os sobressaltos de Marylou foram abafados em um minuto. O ar estava pesado com o odor de cebola, e a tensão deixou tudo súbita e dolorosamente quente.

Henri pegou o controle remoto e desligou a televisão.

— Acho mais seguro vocês duas ficarem lá em cima — observou Henri, principalmente para Marylou. — Tem um bom cadeado na frente da porta do quarto. Pegue sua irmã e vá para lá.

— Não vou sair daqui! — Me peguei dizendo. Estava completamente convencida de que, se nos afastássemos, Henri mataria Gerard. De jeito nenhum eu o deixaria amarrado e indefeso.

— Vão — disse Henri.

Havia um tom em sua voz que dizia que isso era o que eu *tinha* que fazer ou ele atiraria em Gerard naquele instante. Eu podia ver Gerard de costas, discretamente forçando as cordas que o amarravam. Marylou me segurava pelo braço. Suas unhas estavam enfiadas em mim, e ela estava chorando e dizendo sem parar:

— Vamos, Charlie; vamos, Charlie.

Gerard conseguiu virar a cabeça o bastante para olhar para mim. Estava com medo, mas assentiu, me dizendo para ir. Deixei Marylou me puxar degraus acima.

O quarto estava vazio da mesma maneira sinistra que o banheiro. Não havia lençóis, cobertores nem cortinas. Marylou tremia, mas preservava a compostura, andando pelo quarto. Escutei vozes abafadas vindo lá de baixo, mas eram difíceis de ouvir, ainda mais em francês. Pareciam calmas, no entanto.

— Marylou — falei —, não é Gerard. Eu menti. Ele nunca me atacou. Eu não estava fugindo dele.

— O quê? — perguntou ela, virando-se para mim.
— É complicado demais para explicar...
— Tente!
— Foi Henri — explodi. — Aquela mão. É do Henri... Da mulher dele... A mão dela. Gerard estava tentando nos alertar. Achei que você não ia acreditar em mim, então falei que ele havia me atacado.
— Então está dizendo que Henri matou a mulher...
— E provavelmente o cachorro — acrescentei.
— E Gerard foi até em casa para nos contar. Porque sabia. Porque havia achado a mão dela...
— Você *viu* a mão — falei.
— Vi. Estava na bolsa de Gerard.
— Bem, onde *acha* que ele arranjou aquilo? — gritei. — Mãos não ficam *à venda* por aí. Não é um *tipo de carne*.
— *Não sei onde ele arranjou aquela mão!* Mas ele tinha uma faca! E você disse que ele te atacou!
— Acabei de dizer que estava mentindo!
— Ah, que ótimo! — gritou ela. — Isso ajuda muito! Apenas fique quieta por um segundo, preciso pensar.

A tempestade agitava as janelas, batendo-as na parede da casa, proporcionando um horrível cenário para nossa discussão. Os murmúrios no andar de baixo pararam. Marylou se sentou na beira do colchão nu e apoiou a cabeça nas mãos.

De repente, escutamos o tiro. E um baque. E nada. Tanta adrenalina inundava meu corpo que senti como se pudesse derrubar aquela porta com a cabeça se corresse com tudo em direção a ela. E foi o que fiz. Corri em direção à porta com a cabeça na frente, quero dizer, gritando o nome de Gerard. Marylou me agarrou. Ela segurava com força, enfiando suas unhas em mim e me jogando de volta na cama.

— Charlie! — gritou ela, indo para minha frente. — Você não vai descer lá!

— Você não ouviu isso? — respondi aos berros. — Ele atirou em Gerard! Eu te disse! Gerard era inocente! Ele estava tentando nos ajudar!

— Não sei o que está acontecendo, mas vamos ficar aqui dentro!

— Ótimo... — falei, arrastando-me na cama como um caranguejo. — Ótimo...

Ela voltou até a porta para ter certeza de que estava trancada. Agora eu entendia o que Gerard falava. Não havia tempo de discutir com Marylou. A única maneira de afastá-la do perigo era apagando-a e arrastando-a para fora dali — porque senão, ela ficaria aqui em cima e, em algum momento, Henri subiria as escadas com sua arma. Olhei em volta em busca de alguma coisa para usar para bater nela. Isso foi muito mais difícil do que você pode achar. As luminárias pareciam capazes de matá-la; a escova de cabelo só a enfezaria. Era tudo ou de mais ou de menos.

Finalmente vi um aparelho de DVD bem parecido com o lá de baixo (Henri gostava mesmo de seus DVDs). Era fino e parecia leve. Enquanto ela checava a porta, silenciosamente tirei o fio da tomada e o desconectei da televisão com um puxão. Em protesto, o aparelho cuspiu um disco. Empurrei a bandeja de volta.

Como eu faria isso? Gerard dissera no queixo, mas não fazia sentido. Tinha que ser atrás da cabeça.

Senti o peso do DVD. Um lado parecia oco; o outro parecia conter todas as partes. Eu o virei para atacar com o lado mais pesado. Minhas mãos estavam suando. Sequei as duas nos jeans. Marylou se voltou para mim.

— Charlie, o que você...

Bati no rosto dela — um golpe sólido no osso que ecoou pelo aparelho de DVD. Ela cambaleou e gritou, mas não caiu. Eu tinha ferido minha irmã — não sei bem onde. Provavelmente no nariz.

— Desculpe — sussurrei.

Bati nela de novo. Na parte de trás da cabeça, como era a intenção originalmente. Ela inclinou-se para a frente, para me atacar, e eu bati mais uma vez, como se fosse um taco de beisebol, levando o aparelho para trás e impulsionando-o para bem debaixo de seu queixo com toda a minha força. Ela caiu no chão, um pequeno fio de sangue escorreu de seu nariz e atravessou sua bochecha numa linha fina. Rapidamente cheguei para ver se ela ainda estava respirando, então a empurrei para baixo da cama, para escondê-la.

— Desculpe — repeti, empurrando-a o mais longe que podia.

Abri uma gaveta e tirei algumas roupas, espalhando-as em volta dela para ficar mais escondida ainda. Esse era um péssimo esconderijo, mas eu estava improvisando e desafio você a fazer melhor se um dia estiver na mesma situação.

Fiquei de quatro por um momento, recuperando o fôlego. Não vinha barulho nenhum do andar de baixo. Isso parecia ruim. Mas também não havia barulho na escada, nem lá fora.

Marylou havia trazido sua bolsa. Tirei o cano de dentro dela, assim como a faca. Segurei um objeto em cada mão, tentando decidir qual seria melhor para uma emergência. O cano, provavelmente. Andei até a porta e abri o cadeado. Fiquei parada por um momento, com o cano em posição, caso a maçaneta girasse e a porta se abrisse.

Nada. Nada além das batidas do meu coração. Nada além do meu próprio sangue correndo com tanta força que meus braços se sacudiam.

Peguei a maçaneta, segurando-a com firmeza, e então abri a porta com violência. Fiz aquele movimento das séries policiais para chegar até a escada — aquele em que você pula até as portas pronto para atacar.

Ouvi um barulho abafado no andar de baixo. Na cozinha. Henri ainda estava lá.

Segurei o cano com mais força e desci os degraus o mais silenciosamente possível, desejando que meu corpo não pesasse nada, para não fazer pressão na madeira velha. O barulho na cozinha continuou, tentei me movimentar no mesmo ritmo dele. Então eu estava na entrada da cozinha, o cheiro de cebolas ardia em meu nariz. Parecia que Henri tinha mesmo as colocado no fogão. Dava para ouvi-las chiando. Mas nenhum outro movimento. Eu me preparei.

A mão de alguém apareceu subitamente e agarrou meu pulso, fazendo-me largar o cano. Gritei.

— Está tudo bem — disse Gerard.

Ele estava solto, parado ali, sozinho.

— O quê? — perguntou, engasgando. — O que...

E foi quando vi.

Henri estava deitado de costas no chão. Sua cabeça... Bem, o que restava de sua cabeça... Uma boa parte dela não estava mais lá... Não olhei muito bem. Ele estava morto. Havia um borrifo imenso em todo aquele canto da cozinha, e o sangue escorria ao redor, enchendo as reentrâncias do chão de madeira. A arma estava na mesa.

— O que aconteceu? — perguntei.

Estava com calor e com vontade de desmaiar; tive que agarrar o batente da porta para ficar de pé.

— Ele me soltou — respondeu Gerard, parecendo chocado. — Me deixou ir emborra. Depois se matou. Cadê sua irmã?

— Apagou. Acertei ela com um aparelho de DVD — respondi.

Ele assentiu, distraidamente. Contornei o corpo e olhei Henri mais de perto. Ele definitivamente estava morto. Havia tanto sangue.

— Acho que ele viu a mão e se lembrou do que fez — falou Gerard, baixo. — Aconteceu igualzinho como diziam as anotações, igual com minha prrima. Henri se matou e agorra vai repassar.

— Ah! — respondi.

As cebolas borbulhavam na panela. Tirei-a do fogo. Não consegui descobrir como a desligava. Gerard veio até o fogão e abaixou uma das tampas pesadas na boca acesa.

— Acrredita em mim agora? — questionou ele, em voz baixa. — Eu também não querria acreditar, mas quando você vê, sabe que é verdade.

O corpo de Henri estava no chão, sem metade da cabeça. O que parecia tão impossível se tornou totalmente plausível. A maldição estava aqui.

— Sim — concordei. — Acredito agora.

— Como se sente?

— Bem. Quero dizer, acabei de bater na cabeça de Marylou. Mas não a matei. Isso é bom, certo? Tive cuidado com isso.

Essa notícia o animou. Seu rosto se alegrou um pouco.

— Isso é bom, Charlie! Isso é muito bom!

Lembrei-me de Marylou pegando a faca e o cano mais cedo, lutando comigo poucos minutos atrás... Todos os seus instintos haviam parecido tão assassinos.

— É ela — falei. — Está infectada. Tenho certeza. Está agindo estranho.

Gerard me observou com cuidado por um momento, examinando-me em busca de qualquer sinal de um surto assassino. Olhou para o cano de Marylou, que nesse momento estava no banco ao lado da mesa. Então sorriu, e um alívio inundou seu rosto.

— Sim — disse ele. — Se você não a matou quando podia, se ela está agindo estrranho... Sim. Acredito que tenha razão. É sua irmã. Vamos trrancá-la e então estarremos todos seguros. Estarremos a salvo, Charlie!

Em seguida, ele me puxou para perto. Não sei o que foi — talvez a loucura do momento —, mas ele me beijou. Estou falando de um beijo passional, com tudo, de contato corporal completo à mais verdadeira moda francesa, como somente um alto rapaz de um vilarejo, que estava incrivelmente feliz por estar vivo, poderia dar.

E, caso esteja interessada, é uma coisa realmente boa. Eu mesma estava muito feliz por estar viva também, e o clima simplesmente surgiu naquela cozinha borrifada de sangue e fedida a cebola com a chuva caindo lá fora. Gerard parou para rir, seus lábios pertos dos meus, então ele me levantou alegremente. Envolvi seus quadris com minhas pernas para me equilibrar, e nos beijamos de novo.

Nenhum de nós ouviu Marylou entrando ou a viu silenciosamente pegando o rifle.

— O que você *fez*? — perguntou ela.

Ela não parecia muito bem. O sangue tinha borrado todo o seu rosto, e havia hematomas no queixo e na bochecha. Seus olhos estavam vermelhos e cheios de água, e seus dentes, cerrados.

Estávamos, você sabe, nos beijando ao lado de um cadáver com metade da cabeça, então eu já estava vendo que explicar aquela cena seria difícil.

Gerard me desceu lentamente, e tentei sorrir. Um sorriso calmo, de está-tudo-bem-agora.

— Você não entendeu... — digo.

— *Você está subestimando extremamente minha situação.*

Marylou foi de costas até a entrada e balançou a arma entre nós dois.

— Você o matou — disse ela para Gerard.

— Não — respondi rapidamente. — Ele se matou. Porque havia matado a mulher. Exatamente como eu disse.

— Que você disse antes de espancar minha cabeça?

Ela começou a rir — uma risada alta e enlouquecida que podia ser uma amostra de áudio que tocaria quando se abrisse o *MDE-IV*, como um daqueles chips de cartões musicais. Era justo. Eu tinha bons motivos para ter batido na cabeça dela, claro, mas achei que talvez Marylou precisasse de um instante antes de eu começar minha explicação. Ela precisava assumir sua raiva, como ela mesma teria dito se não estivesse enlouquecendo e balançando uma arma na nossa direção.

— Você ao menos sabe usar isso? — perguntou Gerard calmamente.

— Ah, acho que consigo descobrir — disse ela, deixando cair algumas lágrimas enquanto falava.

A ponta do rifle começou a balançar um pouco para cima e para baixo.

— Marylou — comecei, tentando me manter sob controle —, abaixe a arma. Gerard não vai nos machucar. Ele estava nos *defendendo*.

— Você — retrucou ela, tentando controlar a voz. — Sentem-se. Os dois. Agora.

Gerard lentamente se abaixou até a cadeira onde estivera amarrado, e eu me sentei perto da televisão. Marylou manteve o rifle alto, apontado para Gerard. Grandes marcas de suor tinham surgido embaixo dos braços e no peito dele. Estávamos todos suando. Estava estupidamente úmido.

— A Lei dos Suspeitos — observou ele, em voz baixa. — Meu Deus. É assim que acontece.

— Cala a boca — ordenou Marylou. — Você *atirou* nele.

— E agora você — disse Gerard. — Ela pegou você. Não machuque sua irmã. Precisa lutar contra isso.

— Mandei calar a boca!

Ela andou até ele e encostou a arma no seu rosto. Pela segunda vez naquela noite, Gerard enfrentou a morte. Dessa, parecia calmo. Talvez estivesse simplesmente se acostumando.

Ele se levantou, fazendo o cano apontar bem para seu coração.

— Atire em mim — pediu ele —, não em sua irmã. Vamos terminar aqui. Atire em mim. Atire em *mim*, Marylou.

Gerard... esse garoto que eu só conhecia havia algumas imensamente confusas horas, que tentara me salvar mais de uma vez... estava naquele momento arriscando sua vida por mim. Marylou tinha parado de tremer, e não havia mais lágrimas.

— Faça — mandou. — Porque, se não fizer, vou tirar essa arma de você.

— Não — gritei. — Gerard, não. Marylou, não!

Marylou estava tremendo violentamente mais uma vez.

— Posso fazer isso para proteger minha irmã e a mim mesma...

— Não vou machucá-la!

— Seu filho da puta! Você matou...

E então nós dois fizemos uma coisa que nunca terá sentido para mim. Pulei da minha cadeira e empurrei Gerard do caminho. Caímos juntos no chão, eu bati a cabeça na ponta da mesa no processo. Caímos nas pernas de Henri (e em seu sangue e numa coisa esponjosa que prefiro não mencionar). Marylou cambaleou e segurou o gatilho. Escutei um click, click, click: e pensei, *Isso é o fim. Termina com clicks. Click, click, click, como todos os interruptores sendo desligados, todas as luzes da vida se apagando.*

Mas o click, click, click era ela tentando desarmar a trava de segurança, que Gerard devia ter acionado. Essa demora deu a Gerard tempo suficiente para se levantar e socar minha pobre irmã no rosto. Um golpe bem no queixo, e ela foi nocauteada pela segunda vez em cerca de quinze minutos.

— Ah! Deus! — exclamei, correndo até ela. — Ah, Deus! Deus, ela vai ficar tão *inchada*...

Gerard não perdeu tempo. Pegou as cordas que o estavam prendendo antes e a amarrou com força.

— Abra a porta — mandou, enquanto trabalhava.

Afastei-me até a porta da frente, mas ele disse:

— *Non, non, non*... A porta do porão. Ali.

Havia uma grande e rústica porta de porão bem do outro lado do fogão. Tive que pular o corpo de Henri e o sangue no piso para alcançá-la. Havia uma tábua de madeira na frente para mantê-la fechada. Levantei-a.

— O que estamos fazendo? — perguntei.

— Sua irmã está infectada. Nossa única chance é ter certeza de que ela ficará trancada até de manhã. Rápido, antes que ela acorde.

Não havia interruptor de luz, então tive que pular o corpo de Henri *de novo* para pegar a lanterna da bancada, que milagrosamente havia escapado de levar um borrifo de sangue, e depois pular de volta até a porta. Isso dava três pulos pelo cadáver. Não parecia bom. Tantas partes disso *pareciam ruins*, mas é incrível como é possível se adaptar rapidamente a novas circunstâncias.

O porão era um lugar velho e rústico, muito pequeno, com paredes feitas de pedras cimentadas. Tinha cheiro de terra e estava congelando. Parecia que Henri o usava principalmente para revelar filmes. Havia uma mesa de bandejas, prateleiras de produtos químicos, um varal de fotografias secando — a maioria de árvores e montanhas. Havia também alguns sacos de batatas e cebolas, algumas garrafas de vinho, conservas caseiras em outra prateleira, junto a bolas de queijo em embalagens plásticas. No canto, ficavam algumas pás e instrumentos de jardinagem. Henri tivera uma vida tão agradável, tão normal até pouco tempo atrás.

— Vou procurar alguns cobertores — falei. — E um casaco.

— Rápido — disse ele.

Achei um cobertor no sofá, uma jaqueta no corredor, e peguei a capa de chuva. Usei tudo isso para fazer um tipo de ninho para minha irmã inconsciente e amarrada, e ajudei Gerard a descê-la pela escada. Ajeitei-a o mais cuidadosamente que consegui enquanto ele a deitava. Deixei a lanterna ali, apontada para cima, para dar a ela um pouco de luz. Então marchamos de volta pelos degraus e fechamos a porta, trancando-a com a tábua.

— Isso é realmente necessário? — perguntei.

— O que é necessárrio? — indagou Gerard.

Ele havia pegado a arma de volta e a estava examinando.

— Trancá-la no porão. Não podemos simplesmente deixá-la aqui?

— É melhor deixá-la lá embaixo. Ela é perrigosa agorra. De manhã nós a soltamos.

Fazia sentido. Mais ou menos. O máximo de sentido que dava para encontrar em alguma coisa ali. Olhei para o pobre Henri, seu corpo amarrotado no chão.

— O que fazemos agora? — perguntei.

Gerard olhou para mim e sorriu.

* * *

Tá bom. Ficamos nos amassos no sofá durante uma hora. Não acho que seja justo alguém me julgar. Sim, eu sei.

Um homem morto. Irmã amarrada no porão. Eu sei, eu sei. Mas não havia mais nada para fazer a não ser assistir a *Missão Impossível* em francês. Dizem que situações estressantes unem as pessoas. É verdade. Não, não é realmente verdade. Tenho certeza de que no *MDE-IV* tem alguma coisa explicando isso.

Então, sim. Sofá, sala de estar escura, chuva lá fora, interior da França... O resto do cenário parece certo, não parece? Tínhamos parado porque nossos lábios já estavam meio dormentes quando ouvimos Marylou berrando no porão.

— Ela acordou — observou Gerard calmamente, afagando meu cabelo.

Enterrei minha cabeça no peito dele e tampei os ouvidos com as mãos, mas nada conseguia abafar o barulho. Ela estava gritando meu nome sem parar.

— Não podemos deixá-la sair? — perguntei. — Estamos com a arma. Podemos amarrá-la na cozinha, onde é mais quente. Ela vai precisar de água e comida...

— Ela vai ficar bem — disse ele. Havia uma firmeza em sua voz que não gostei.

— Ela não pode nos machucar — insisti, me sentando. — Somos dois. Não estou dizendo para deixarmos que ela saia correndo por aí, mas...

— Você não tem ideia do que ela é capaz de fazer.

No escuro tudo o que eu via era o contorno de seu cabelo, seus olhos brilhantes. A mão dele estava na minha perna. Senti seus dedos apertarem e ficarem tensos.

— A infecção — continuou ele —, você não entende. Não sabe o que ela faz. Não tem ideia. Aquela não é sua irmã agorra, Charlie. Ela não estava mais lá quando você começou a contar sobrre a guilhotina.

— A parte sobre o quê?

— A parte sobre a guilhotina.

Tentei lembrar, voltando ao momento em que estava parada lá com Henri, e ele falava sem parar, e eu pedi para usar o banheiro... Ele nunca falou nada sobre guilhotina. Eu o havia interrompido. Não escutei a história inteira.

O que significava que possivelmente... possivelmente nunca fui infectada. E nunca passei a infecção para Marylou.

Mas Gerard parecia saber bastante sobre essa tal de Lei dos Suspeitos.

E parecia cada vez mais calmo, a entonação tinha sumido de sua voz, assim como aconteceu com Henri. Mas Gerard nunca teria se permitido escutar toda a história...

Ele ficou amarrado numa cadeira, sozinho com Henri. Indefeso...

Seus dedos se flexionaram de novo. Estava me encarando no escuro, sua expressão impassível.

— Certo — falei, tentando parecer tranquila. — Aquela parte. Aquela foi a parte mais *bizarra*.

Eu não podia derrubar Gerard, não fisicamente. Tudo o que eu tinha era a arma, e não atiraria nele. Não nos conhecíamos muito bem, mas eu gostava dele. Era uma boa pessoa. Quase morrera tentando me proteger.

— Eu estava pensando — falei. — O carro. Deveríamos olhar o carro. Aposto que tem gasolina bastante. Henri provavelmente estava mentindo sobre isso.

— E para onde iríamos?

— Para a cidade! — respondi.

— Não temos razão.

— Eu me sentiria melhor se apenas olhássemos — continuei. — Vou lá checar. Vai levar dois segundos.

Senti as mãos dele se movendo para pegar meu braço, mas me levantei primeiro.

— Vou pegar alguma coisa pra gente comer! — falei, o mais alegremente possível. — Alguma coisa sem ser cebola!

Fui depressa até a cozinha e procurei o interruptor. Tínhamos desligado as luzes porque aquela cena era muito horrível. Eu não achava o botão, então fui até a mesa no escuro e apanhei a arma. Tinha que tirá-la dali. Escondê-la. Dar um sumiço nela de algum jeito. Mas não consegui fazer absolutamente nada, porque Gerard estava atrás de mim em segundos.

— O que está fazendo? — perguntou.

Se existia um momento certo para mentir, era esse.

— Deus! — Tentei explicar. — Tropecei e *caí* nisso. Tropecei na *perna* dele! Deus. Isso é tão errado!

Afastei-me, hesitante, com a arma ainda nas mãos, mas continuei fazendo sons de chateação e confusão em geral. O fato de Marylou ainda estar gritando como louca ajudava.

— Você deveria me dar isso — disse Gerard, calmo.

Passei por cima de Henri e encostei as costas na porta do porão, apontando a arma para ele.

— Não posso. Por favor, Gerard. Não me faça te machucar.

— Charrlie? O que você...

Ele parecia confuso, seu sotaquezinho francês soando mais forte no meu nome. Como se ele estivesse lutando com alguma coisa interna.

— Ele contou pra você a história — falei. — Quando você estava amarrado na cadeira. Não contou? Você não pôde evitar. Não pôde escapar.

— Só infecta uma pessoa de cada vez — respondeu ele. — Infectou sua irmã.

— Não infectou minha irmã. Infectou você. Você sabe. Por favor, Gerard.

Ele se aproximou.

— Tenho caçado coelhos a minha vida toda — observou ele. — Sei atirrar muito bem. Me dá isso. Vou prroteger nós dois.

No escuro, meus dedos tentavam, fervorosamente, achar a trava. Eu nem queria que a encontrassem. Eles a estavam procurando sozinhos. Gerard se aproximou mais e colocou a mão em cima do cano.

— Charlie — disse. — Sou eu, Gerard. Não atirre em mim. Não escute a infecção.

— Não me infectou, Gerard! Nunca escutei o resto da história! Agora se afaste...

E então meus dedos encontraram a trava. E atirei. E Gerard caiu.

— Ah, espere — disse para mim mesma. — Ele mencionou, sim, uma guilhotina. Como foi que me esqueci disso?

Aqui está o resumo...

Deus! É difícil explicar. Fico tão confusa agora. Comecei a falar e acabei de esquecer do que estava falando no meio da frase. Acho que são todos esses remédios que estou tomando. Tomo pílulas o dia inteiro. Eles testam todas as diferentes combinações. Algumas funcionam melhor que outras. Hoje é um dos dias bons. Estou suficientemente lúcida para me deixarem usar o computador. O computador, em geral, é totalmente proibido. Acho que eles têm medo que eu vá tentar comer o teclado ou algo parecido.

Disseram-me que faz três meses que cheguei aqui, desde que tudo aquilo aconteceu. Parece que foram apenas duas semanas, mas acabei de olhar pela janela e vi que as folhas caíram das árvores. Tem uma abóbora despedaçada no final da estrada, então acho que o Halloween está chegando, ou já chegou e passou.

Acho que você quer saber o que aconteceu, certo?

Pelo que me lembro, atirei em Gerard e, um segundo ou dois depois, ouvi um imenso barulho de algo rachando, como um trovão, vindo da minha cabeça. Tudo ficou escuro. De acordo com os relatórios, se Gerard não tivesse colocado a mão no cano idiota provavelmente teria ficado bem, mas como ele colocou, eu o atingi. Larguei a arma. Ele conseguiu se manter estável o bastante para pegá-la do chão e bater em mim, usando a mão que ainda restava.

Acordei no hospital. Marylou estava lá, segurando minha mão e me dizendo que iria ficar tudo bem. Então, desmaiei de novo. Fiquei muito tempo inconsciente. Acordada por um instante no hospital na França. Acordada por um momento ou dois na cadeira de rodas no aeroporto. Lembro-me de Gerard vindo me visitar antes de eu partir. Seu braço sem mão estava enfaixado. Eu estava meio dopada na hora, mas ele não parecia com raiva. Acho até que fez cafuné na minha cabeça.

O legista determinou que Henri realmente havia se matado (pólvora em suas mãos ou algo do tipo). Encontraram o resto do corpo de sua mulher exatamente onde

Gerard havia dito que estava, junto a muitas provas de que Henri fora o assassino. O cachorro estava enterrado com ela. Assim, restava apenas o mais ligeiramente confuso dos problemas: por que um garoto do vilarejo e duas turistas americanas acabaram em um confronto sangrento na casa dele; uma amarrada no porão, outro sem uma das mãos, e uma terceira inconsciente no chão da cozinha. Que isso tenha acontecido três dias depois de um horrível assassinato seguido de suicídio era ainda mais preocupante.

A conclusão final foi: Gerard era o herói, que notara o desaparecimento da mulher de Henri e ficou vigiando a casa para ver se descobria alguma coisa suspeita. Quando duas turistas americanas (nós) chegaram desnorteadas, Gerard tentou nos proteger. Tomado pela culpa, Henri tirou a própria vida. E eu, convenientemente, enlouqueci.

Agora, por que tudo isso aconteceu exatamente ao mesmo tempo, a polícia local não fazia ideia — mas diversos psicólogos tentaram descobrir.

Com base em minhas mentiras sobre Gerard me atacar, bater em minha irmã na cabeça com um aparelho de DVD, atirar em Gerard... foi concluído que eu tive um surto psicótico. Acabei em um hospital psiquiátrico bem perto de Boston. ("Não é assim que gostamos de chamar", disse Marylou. "É um centro de reabilitação psicológica.")

Agora que posso ler meus e-mails, vi que Gerard me mandou mensagens todo santo dia. As primeiras eram bem curtas, mas conforme ele foi se acostumando a digitar com a única mão que lhe restava, conseguia escrever muito mais. Ele é a única pessoa do mundo que acha que não pertenço a esse lugar. Mal pode esperar até me deixarem sair, o que parece que não vai acontecer ainda por algum tempo. Ele disse que vem me visitar, assim que tiver colocado a prótese.

E acabei de ler o e-mail de Marylou... tem um link para seu trabalho de psicologia ganhador de vários prêmios, o qual ela acha que vai lhe assegurar uma vaga numa das melhores escolas de pós-graduação. Eu o li. Detalhava cada aspecto do caso.

Incluindo a história completa da Lei dos Suspeitos.

Incluindo a parte sobre a guilhotina.

Estou desligando agora e vou voltar para meu quarto. Pedirei a eles para aumentarem minha dose. Gosto daqui, é bonito e seguro, sem objetos afiados e todo mundo fica trancado. É, como Gerard diria, melhor que a alternativa.

A casa de espelhos

CASSANDRA CLARE

As duas horas na estrada de terra entre o aeroporto em Kingston e a pequena cidade de Black River já teriam sido mais que suficientes, mesmo que eu não estivesse com tanta ressaca por conta do champanhe. Sendo esse o caso, passo a maior parte do tempo olhando pela janela e tentando não vomitar. Não foi fácil, especialmente porque ficávamos passando por animais mortos na beira da estrada e algumas vezes por pilhas de lixo queimando que fediam a plástico derretido.

Minha mãe disse que a Jamaica ia ser um paraíso. Mas, pensando melhor, essa é a mesma mulher que insistiu que ela e Phillip precisavam partir para a lua de mel na manhã seguinte ao casamento. Por que haviam decidido levar Evan, filho de Phillip, e eu, junto, não tenho certeza. Eles me explicaram — ou pelo menos minha mãe explicou, com Phillip sentado do lado com o olhar furioso de sempre — algo sobre "união familiar". Mas com Phillip completamente mudo, e Evan encolhido para o mais longe possível de mim no assento grudento da van, não sei bem quanta união conseguiremos alcançar de verdade. É claro que, considerando o que aconteceu no jardim ontem à noite depois da recepção, união provavelmente é a última coisa de que Evan e eu precisamos.

A casa que minha mãe alugou é muito mais bonita ao vivo do que nas fotos na internet. O chão é brilhante, escuro como a casca polida de uma noz; as paredes são azuis e pintadas de verde com esponja, lembrando as cores do mar e do céu. Uma parede inteira não existe, dando passagem para a varanda do lado de fora, com sua piscina azul-turquesa e o penhasco despencando até a areia branca e o mar escuro abaixo. O sol acabou de começar a se pôr, projetando largos anéis em vermelho, dourado e bronze sobre as águas.

Minha mãe para sob a arcada da porta com as mãos na garganta.

— Ah, Phillip... Olha!

Mas Phillip não está olhando. Ele está na porta da frente com a pilha de malas, falando com Damon, o mensageiro, numa voz baixa e rude. Alguma coisa sobre como Damon não deveria ficar esperando gorjeta e que, de qualquer maneira, ele mesmo podia ter carregado a própria bagagem. Damon, calmamente, encolhe seus ombros vestidos numa camisa branca e vai embora, passando por Evan, que está encostado na parede, olhando fixamente para os sapatos. Posso notar que está envergonhado pelo pai, mas, quando tento sorrir para ele, o modo como desvia o olhar faz parecer que está se esquivando.

Phillip olha para mim. Talvez tenha visto a expressão em meu rosto — não tenho certeza —, mas até hoje não conseguiu me entender mesmo.

— Evan — diz ele —, leve as malas de Violet para o quarto dela.

Evan começa a protestar. Seu pai responde com um olhar de repugnância.

— Agora, Evan.

Evan levanta a mala de lona no ombro e me segue até o quarto de número 3. O cômodo tem janelas com vista para a varanda, uma claraboia e uma imensa cama de dossel branca com mosquiteiros. Evan coloca a bolsa no chão com um estrondo e se endireita, seus olhos azuis brilhando.

— Obrigada — digo.

Ele dá de ombros.

— Não foi nada. — Eu o observo enquanto ele olha ao redor, observo-o virar, seus músculos dos ombros se movendo. — Belo quarto.

— Eu sei. — Dou uma risada nervosa. — A cama é imensa.

No momento em que pronuncio as palavras, congelo. Não devia ter dito isso. E nem ter dito a palavra *cama* perto de Evan, não depois do que aconteceu no jardim das rosas. Ele vai achar que estou brincando, sendo idiota, ou vai achar que o estou convidando...

— Pessoal! Hora do jantar! — Minha mãe enfia a cabeça do lado de dentro do quarto, sorrindo alegremente. Nunca fiquei tão feliz em vê-la.

— Já vou... Só preciso lavar as mãos. — Fujo para o pequeno banheiro enquanto Evan segue minha mãe.

As paredes têm azulejos azuis, verdes e vermelhos suaves. Deixo a água correr na pia de bronze e jogo um pouco no rosto. Quando olho no espelho, vejo que minhas bochechas estão vermelhas como rosas.

O jantar é servido na varanda, e nossa família está sentada a uma mesa comprida e baixa, enquanto os funcionários da casa nos trazem tigelas de comida: várias pilhas de salada de batata e repolho, peixe ao alho e pimentas e uma tigela de curry escuro e aromático, cheio de pedaços de carne fervilhando.

Tento me virar e sorrir para os empregados enquanto a comida é servida, mas ninguém me olha nos olhos. A equipe é um borrão de rostos e mãos escuras, o brilho de uma pulseira coral e dourada enquanto uma misteriosa mão retira o prato de salada que acabei de comer.

— Obrigada — digo, mas ninguém responde.

Phillip está comendo garfadas do curry como se fosse uma comida prestes a entrar em extinção.

— O que é isso? — Ele pergunta, abruptamente, furando um pedaço de carne com seu garfo e enfiando de uma vez na boca.

A cozinheira mais alta, uma mulher com rosto anguloso e um lenço branco amarrado em volta da cabeça, responde:

— É curry de cabra, senhor.

Phillip cospe a carne de volta no prato e pega um guardanapo, encarando a cozinheira com olhar acusatório.

Baixo os olhos para a mesa, tentando não rir.

No dia seguinte, o calor é desorientador como uma droga. Deito numa espreguiçadeira, ao lado da piscina, as alças do meu maiô puxadas para baixo para evitar marcas. Minha mãe não me deixa comprar um biquíni. Phillip escolheu a sombra para ler um livro chamado *Empire of Blue Water*. Evan está sentado com os pés na piscina, olhando para o nada.

Tento chamar sua atenção, mas ele não olha para mim, então volto ao meu livro. Tento ler, mas as palavras dançam na página como a luz do sol dança na água da piscina. Esse tipo de clima faz tudo dançar.

Finalmente largo o livro e vou até a cozinha pegar uma Coca. A mulher da noite anterior, a cozinheira alta que disse a Phillip que o que ele estava comendo era cabra, está de frente para a pia lavando nossa louça do café da manhã. Naquela manhã, seu lenço é vermelho vivo, da cor de um pássaro tropical.

Ela se vira quando me vê.

— Como posso ajudá-la, senhorita? — Seu sotaque é suave como pétalas de rosas.

— Só queria uma coca. — Tenho a sensação de que não deveria estar aqui, que a cozinha é território dos empregados, até porque tudo o que eu quero é uma lata de refrigerante. Como era de se esperar, em vez de me indicar a geladeira, ela mesma pega a garrafa, abre, e a serve em um copo para mim.

— Obrigada. — Pego o copo, o vidro gelado trazendo uma sensação boa contra meus dedos. — Qual é seu nome?

— Meu nome? — Ela ergue as sobrancelhas escuras. São perfeitamente arqueadas, como se ela as fizesse todos os dias. — Damaris.

— Damaris e Damon — observo, e então desejo que não o tivesse feito; pareço uma idiota. Talvez ela nem conheça Damon direito.

— Ele é meu irmão — comenta ela, e então olha pela janela, uma ruga se formando entre as sobrancelhas. — O *seu* irmão desceu para a praia, pelo que vejo. Deveria avisá-lo para ficar longe das outras casas dessa região. A maior parte delas é particular, e nem todas são seguras.

Não são seguras?, penso. *Como se protegidas por cães raivosos ou seguranças loucos para atirar?* Mas o rosto adorável e sem expressão de Damaris não revela nada. Deixo o copo vazio na mesa.

— Evan é meu irmão postiço — corrijo, como se fosse importante; mas por algum motivo quero que ela saiba. — Não é meu irmão.

Ela não diz nada.

— Vou avisá-lo para ter cuidado — acrescento.

O caminho que leva até o mar é arenoso, entrecortado por rochas e grama. A praia faz uma curva para o sul, repleta de pequenas casas pintadas de fortes cores tropicais: rosa-shocking, verde-limão, amarelo-ovo. A nossa é a última, encostada no penhasco de rochas cheias de buracos escuros como uvas-passas numa torta. Penso que aqueles buracos talvez sejam cavernas.

Evan não está na praia. Na verdade, ninguém está na praia. É um pedaço pálido de areia convidativa que, por algum motivo, está completamente vazio. Fico surpresa ao não ver ninguém ali se bronzeando, mas, enquanto sigo a curva na areia junto à água, vejo que a maior parte das outras casas está fechada e trancada. Algumas têm grandes cadeados nos portões. Parecem empoeiradas, abandonadas. A única com jeito de habitada é uma casa rosa-shocking, da cor de uma rosa florescendo, uma das mais próximas da nossa. Seu imenso jardim se estende até a areia, cercado por um muro coberto por um mosaico de azulejos que retrata ondas e criaturas marinhas. A parte de cima do muro está cheia de pedaços de vidro — não pedaços pequenos para desencorajar intrusos, mas sim grandes, quadrados e retangulares, refletindo de volta o céu e o mar. Olho através do portão e vejo um turbulento jardim de flores coloridas, mas a porta da casa está fechada, e as cortinas atrás das janelas também.

Fico surpresa pela falta de atividade. Não podemos ser as únicas pessoas hospedadas nessa área, podemos? Os folhetos das agências de viagem estão sempre anunciando "praias desertas" como se isso fosse uma coisa muito desejável, mas, na verdade, é meio assustador. Há marcas de passos na areia, então alguém deve ter andado por aqui em algum momento, mas não há ninguém à vista.

Chego até o fim da praia, viro-me e ando de volta até nossa casa. O sol está batendo com força no meu pescoço e ombros. Na piscina estava fresco, mas aqui embaixo o calor parece um pesado cobertor molhado. Posso ver silhuetas se movendo em nossa casa, elas são negras, contornadas pelo sol. Enquanto me aproximo do atalho que retorna pela grama, alguém aparece de dentro de um dos buracos no rochedo.

É Evan. Ele está sem camisa, usando apenas bermuda de surfista e chinelos. Sua pele é pálida como a minha, mas seu cabelo loiro cor de trigo parece de um dourado brilhante sob a luz quente. Ele tem algumas sardas claras espalhadas pelo rosto e pelo nariz, e eu tento me lembrar se elas são novas ou se ele sempre as teve.

Evan parece surpreso em me ver.

— Oi.

— Oi — respondo, me sentindo, como tem sido desde o casamento, uma boba perto dele. — Damaris me disse para te avisar de que aqui embaixo não é muito seguro.

Ele aperta os olhos azuis contra o sol.

— Damaris?

— A cozinheira.

— Ah, certo. — Ele olha de um lado para outro da praia. — Para mim, parece seguro. Talvez ela estivesse falando de alguma maré alta ou algo assim.

Dou de ombros.

— Talvez.

Ela não estava falando de nenhuma maré, mas não tenho vontade de discutir.

— Vem cá. — Ele acena para que eu o siga. — Quero mostrar uma coisa a você.

Ele se abaixa de volta para a abertura no rochedo, e eu o sigo, ignorando minha claustrofobia. Tenho que prender a respiração para atravessar uma passagem estreita, e depois saímos num lugar maior. Raios fracos do lado de fora se esgueiram pela abertura na pedra, mas não é a única iluminação aqui: réstias de uma claridade brilhante estão espalhadas por toda parte nas paredes úmidas da caverna e são também de diferentes cores: azul-gelo, verde-claro e rosa translúcido.

— Musgo fluorescente — diz Evan. Ele passa a mão na parede e depois mostra a palma para mim; ela brilha como as escamas de um peixe. — Está vendo?

Os olhos dele também estão brilhando na escuridão. Lembro a primeira vez em que vi Evan andando pela escola com a mochila pendurada no ombro, seu cabelo claro brilhando à luz do sol. Ele se movimentava como alguém com um propósito, como se houvesse uma estrada brilhante e invisível que apenas ele podia ver e seus pés pisavam nela sabendo aonde estavam indo. Eu nunca o vira antes — descobri depois que ele era novo na escola e acabara de se mudar para a cidade com o pai, vindo de Portland —, e ele não se parecia com nenhum dos garotos por quem eu já havia me interessado. Gostava dos hipsters: jeans surrados, óculos e cabelos sérios. Evan era puro e esportivo, brilhando como ouro sob a luz do sol, e, a partir daquele momento, eu o quis como nunca quisera alguém antes.

Agora toco os dedos dele com os meus; eles ficam brilhando também, como se Evan estivesse transferindo sua luz para mim. Ele fica tenso quando nos tocamos, e então seus dedos envolvem os meus. Meus dedos do pé afundam na areia enquanto fico na ponta dos pés, levantando meu rosto até o dele, e então ele está me beijando, e sua boca é molhada e suave. Seus dedos apertam meus ombros com força antes de ele se afastar.

— Violet — diz ele, parecendo mais um grunhido do que qualquer outra coisa. — Não podemos.

Sei o que ele quis dizer. Já falamos sobre tudo isso antes, à noite no jardim, quando nos beijamos e depois brigamos por horas. *Temos que contar a eles. Não pode-*

mos contar, não podemos fazer isso. Eles não precisam saber. É claro que vão descobrir, vão nos matar. Ele vai me matar. Não.

Evan passa por mim até a entrada da caverna e se espreme para sair. Eu o sigo, chamando seu nome, esgueirando-me pela estreita passagem na rocha, e a alça do meu maiô fica presa em um pedaço afiado de rocha, e por isso demoro um pouco para me soltar e me juntar a Evan na areia. Ele está lá, encarando algo fixamente, boquiaberto. Quando sigo a direção de seu olhar, vejo o motivo.

Uma mulher está saindo da casa cor-de-rosa. Ela abre o portão de ferro pintado de azul e anda até a areia. Exceto que ela não anda simplesmente. Ela se move como uma onda. Seus quadris deslizam, e seus cabelos, que são longos e platinados, ondulam como a espuma do mar. Ela está usando um tipo de sarongue estampado. Ele é aberto de um lado e mostra sua perna perfeitamente bronzeada conforme ela anda. Está com um biquíni branco, e a maneira como o preenche faz com que eu tenha vontade de cruzar os braços na frente do peito para esconder como sou reta. Segura uma garrafa, igual a da Coca-Cola que tomei mais cedo, só que sem rótulo.

Ela levanta os óculos de sol para o alto da cabeça quando se aproxima de nós, e qualquer esperança de que seu rosto não fizesse jus ao restante desaparece. Ela é linda. Evan só fica olhando.

— São os garotos da casa de férias — diz ela. Seu sotaque é fraco e indefinível. — Não são?

Evan parece consternado por ter sido chamado de garoto.

— Acho que sim.

Ela inclina a garrafa em sua mão. Está cheia de um líquido claro que brilha com uma estranha luz de arco-íris com os raios de sol.

— Deve ser chato para vocês, viajar na baixa temporada — continua ela. — Quase ninguém está por perto. Exceto eu. Estou sempre por aqui. — Ela sorri. — Sou a Sra. Palmer. Anne Palmer. Sintam-se à vontade para virem aqui em casa se precisarem de alguma coisa.

Evan não parece prestes a começar a falar, então eu respondo:

— Obrigada — agradeço, de forma severa, pensando que ela não tem cara de Anne. Anne é um nome simples e amigável. — Mas já temos tudo de que precisamos.

Seus lábios se curvam levemente nos cantos, como um papel pegando fogo.

— Ninguém tem tudo de que precisa.

Estico o braço para tocar o ombro de Evan.

— É melhor voltarmos para a casa.

Mas ele me ignora; está olhando para a Sra. Palmer. Ela ainda está sorrindo.

— Sabe — diz ela —, você parece um rapaz bom e forte. Poderia me ajudar. Tenho um carro velho... um clássico, como costumam chamar... e, em geral, funciona muito bem, mas ultimamente tenho tido dificuldade em ligar o motor. Poderia dar uma olhada para mim?

Espero Evan responder que não entende nada sobre carros. Certamente nunca o escutei falando do assunto como se fosse algum interesse especial. Em vez disso, ele diz:

— Claro, posso fazer isso.

A Sra. Palmer inclina a cabeça para trás, e o sol reflete em seu cabelo.

— Maravilhoso — comenta ela. — Não posso lhe oferecer nenhum tipo de recompensa, mas, se quiser, tenho bebidas bem geladas. — A garrafa em sua mão brilha com as cores do arco-íris.

— Ótimo. — Evan me lança apenas um rápido olhar. — Avise aos nossos pais aonde eu fui, tá bom, Violet?

Concordo, balançando a cabeça, mas ele nem parece notar; já está indo em direção à casa cor-de-rosa com a Sra. Palmer. Evan não olha para trás, mas *ela* olha; parando no portão, me observa por cima do ombro, seus olhos me analisando de uma maneira intensa que — apesar do calor — faz um frio subir pela minha espinha.

O sol se põe e pinta o céu com listras largas de coral e preto. Damaris e o resto dos funcionários estão servindo a mesa na varanda. Estou sentada na beira da piscina, com os pés dentro d'água. Já estou há horas esperando Evan subir os degraus, mas ele não aparece. Mamãe e Phillip ainda estão em suas espreguiçadeiras, apesar de Phillip ter largado seu livro e eles parecerem discutir em tons de voz apressados e intensos. Eu bloqueio os dois, como sempre faço quando brigam, tentando, em vez disso, me concentrar no barulho do mar. Sempre dizem que ele parece o interior de uma concha, mas, para mim, parece as batidas de um coração, com seu ritmo estável e pulsante, e a suave corrente de água como a corrente de sangue nas veias.

Segurando uma pilha de guardanapos dobrados, Damaris se inclina por cima da sacada e diz:

— Serão quatro para o jantar ou apenas três?
— Quatro.
— Não estou vendo seu irmão postiço aqui — observa Damaris.
— Ele está na praia — explico a ela. — Mas vai voltar a tempo.
Damaris diz alguma coisa para si mesma em voz baixa. Parece algo como: "Eles não voltam." Antes de eu ter chance de perguntar a ela o que quis dizer, a mulher se vira e volta a arrumar a mesa.

Jantamos em silêncio. Nada de cabra dessa vez, apenas pimentões recheados e um tipo de peixe com limão. Na metade da refeição, Evan se junta a nós, deslizando silenciosamente para seu lugar como se esperando que ninguém o notasse.
Phillip congela com o garfo na metade do caminho até a boca.
— E *você*, onde esteve?
Evan encara seu prato fixamente. Não está mais com o bermudão de praia, percebo, e sim uma bermuda nova e uma camiseta velha. Ele parece muito... limpo.
— Estava ajudando a vizinha a consertar o carro. Ela disse que se eu conseguisse fazê-lo ligar de novo, deixaria a gente pegar seu barco emprestado para ir aonde quisesse.
— Foi muito gentil da sua parte — comentou minha mãe. Depois se vira para Phillip: — Não foi gentil da parte dele, querido?
Phillip responde grunhindo com a boca cheia de peixe:

— Não sei por que ela achou que você entenderia alguma coisa sobre consertar carros. Você é só uma criança.

Evan fica vermelho, mas não diz nada, concentrando-se, em vez disso, em espetar o garfo na comida no prato.

Minha mãe olha de novo para Phillip:

— Então, estive pensando, amanhã talvez pudéssemos dar uma volta em Black River.

— Aquela cidade por onde passamos no caminho para cá? — Phillip parte um pedaço de pão pela metade. — Parecia um lixão, Carol.

— Aparentemente tem um mercado lá todo fim de semana, com pessoas vendendo coisas de todos os cantos. E você pode passear de barco pelo rio, ver os crocodilos... — A voz de minha mãe vai sumindo com o olhar gélido de Phillip. — Achei que podia ser um programa em família. Algo divertido.

— Divertido? — repete Phillip. — Eu não vim até aqui, Carol, para comprar artesanato barato e ficar olhando um tronco flutuante que algum guia turístico idiota alega ser um crocodilo.

— Mas, Phillip... — Minha mãe tenta tocar sua mão e acidentalmente derruba a tigela de salada de frutas ao lado do prato dele. Phillip levanta num salto, xingando, mesmo que não tenha caído nenhuma fruta nele.

Minha mãe parece consternada.

— Sinto muito...

Ele não responde. Fica olhando friamente os restos de salada de fruta nos ladrilhos sob seus pés.

— Olha essa sujeira.

— Phillip. — À beira das lágrimas minha mãe fica de joelhos, catando com os dedos os pedaços escorregadios de fruta e vidro quebrado.

Pergunto-me onde estão os empregados, mas parecem estar esperando para se aproximarem, avaliando a gravidade da situação.

— Mamãe, não faça isso — digo, mas ela me ignora.

Ela se cortou com o vidro, o sangue agora pingando na sujeira de frutas esmagadas e suco derramado pelo chão. Olho para Evan, imaginando se ele dirá alguma coisa. Ele sempre gostou da minha mãe, ou pelo menos era o que eu achava. Mas ele encara seu prato e evita olhar para mim.

Naquela noite fico deitada na minha cama de dossel, encarando o teto. A rede de mosquitos, branca como o véu de uma noiva, balança com a brisa suave do ar-condicionado. Posso ouvir a voz de Phillip do outro lado da parede se elevando e diminuindo como uma onda à medida que ele fica cada vez mais furioso. A voz da minha mãe oferece uma débil resposta aos gritos: enquanto a voz dele sobe, a dela fica mais e mais baixa. Observo um besouro verde brilhante andando pelas paredes de estuque, suas patas procurando delicadamente algo para tocar.

Não vamos até Black River de manhã, claro. Phillip leva seu livro para a piscina e se senta na sombra, carrancudo. Minha mãe fica em casa, de óculos escuros e um grande chapéu sombreando seu rosto, mas, mesmo com os óculos, ainda posso ver que seus olhos estão inchados de tanto chorar.

Evan não levanta até o meio-dia, e quando o faz, sai do quarto bocejando, usando shorts de surfe e chinelos. Seu cabelo parece estar mais claro que antes, como se o sol já tivesse tirado um pouco de sua cor. Estou deitada na rede da varanda com uma revista aberta no colo; e, quando o vejo, deixo-a de lado e vou até ele, abaixando a voz conforme me aproximo.

— Dormiu bem essa noite? — pergunto, esperando que ele consiga ler meus olhos, imaginando se escutou as mesmas coisas que eu.

— Sim. — Ele não está lendo meus olhos; os dele, azuis, se voltam para todos os cantos, com nervosismo. Talvez ele esteja imaginando se estão nos observando, se estão falando sobre como ficamos perto demais um do outro, falando baixo demais. Mas não. Eles não percebem nada. Nunca perceberam.

Havia encontrado Phillip algumas vezes antes de minha mãe finalmente me levar na casa dele, mas aquela tinha sido a primeira vez em que percebi como estavam namorando sério. Phillip ainda tentava nos impressionar naquela época. Ainda achava que valia a pena conquistar minha simpatia. Ele vinha até nossa casa de terno, com um buquê de flores para minha mãe e alguma coisa para mim — sempre coisas idiotas e inapropriadas, como uma presilha brilhante ou um CD de música pop ruim. Era como se ele achasse que todas as adolescentes fossem iguais e gostassem das mesmas coisas, mas ele estava *tentando*, minha mãe dizia, e, além disso, não sabia nada sobre garotas — tinha apenas um filho. Mesmo sabendo disso, mesmo sabendo que Phillip tinha um filho da minha idade, eu nunca havia pensado muito nele até aquela noite, quando minha mãe me apressou pelo caminho iluminado até a porta da frente da casa de Phillip e tocou a campainha, sorrindo nervosa para mim o tempo todo.

Foi quando Evan abriu a porta. Ele sorriu ao me ver. "Oi", disse. "Você deve ser Violet."

Fiquei parada ali nos degraus sem dizer nem uma palavra. Estava surpresa, como se tivesse caído de um galho alto de árvore e batido com força no chão, sem fôlego. Não era possível que esse garoto, que eu ficava olhando todo dia na escola, cujos movimentos eu havia decorado — o jeito como ele tirava o cabelo dos olhos ou mexia no relógio quando estava entediado —, fosse filho de Phillip. Não era possível que o chato, antipático e pálido Phillip tivesse um filho *assim*.

Nem me importei por Evan não ter me reconhecido. Não liguei por ele parecer não ter se dado conta de que estudávamos na mesma escola.

— Vai descer até a praia? — pergunta ele agora. — Vou com você.

Dou de ombros. Não há mesmo como impedi-lo.

— Tá bom.

Na varanda, há cestas de toalhas de praia, coloridas como balas. Evan enrola uma nos ombros enquanto descemos o caminho cheio de areia até a praia. Ela mais uma vez está deserta, a areia vazia se estendendo até sumir. Parece um anúncio de algum destino de lua de mel, algum lugar onde se pode ficar aos beijos na praia sem ninguém por perto espiando.

Estendemos nossas toalhas e nos deitamos, eu de barriga para baixo, e Evan de frente para o sol. Ele está com um livro aberto sobre a barriga, *O destino bate à sua porta*, acho, apesar de não conseguir ler o título todo. Fiquei surpresa quando descobri que Evan ama ler. Nunca imaginaria que um garoto com a aparência dele poderia ter interesses além de talvez esportes e garotas, assim como nunca imaginaria que ele teria tempo para uma garota magrela e não popular, que usava meias descombinadas e camisetas de garotos porque não sabia *o que* deveria usar na verdade.

Mas descobri que estava errada. Evan teve tempo para mim. O tipo de tempo que significava horas juntos na biblioteca de Phillip, conversando ou jogando videogame na televisão de tela grande. O tipo de tempo que significava que ele até acenava para mim no corredor às vezes, mesmo quando outras pessoas estavam nos vendo. O tipo de tempo que significava que, nas terças à noite, quando jantávamos na casa de Phillip, ele me buscava do lado de fora da escola em seu carro, com o motor ligado e a porta do carona ligeiramente aberta, esperando. Por mim.

Eu deslizava no assento e sorria para ele.

"Obrigada por me esperar."

Ele se debruçava por cima de mim e fechava a porta. "Sem problemas." A vermelhidão atrás do seu pescoço enquanto se inclinava para virar as chaves na ignição mostrava que Evan também percebia como eu estava sentada perto dele.

Uma vez ficamos tão envolvidos numa conversa, que, mesmo depois de termos estacionado na casa dele, não saímos do carro e ficamos simplesmente sentados na entrada, nossas vozes se misturando com a música dos alto-falantes. Levei uma das mãos até a orelha para empurrar, para trás, uma mecha de cabelo solta, mas os dedos de Evan já estavam lá — hesitantes e gentis em minha pele. "Violet", ele disse quando me calei. "Você sabe..."

A janela do carro estremeceu quando Phillip bateu nela chamando. "Evan."

Evan abaixou o vidro.

"Estacione o carro na garagem", foi tudo o que Phillip dissera, mas um olhar no rosto pálido de Evan era o bastante para saber que o momento havia acabado.

— Evan.

Por um momento, acho que é a voz da minha mãe e eu me sento, procurando por ela ao redor. Mas a praia ainda está deserta. Evan também está sentado, e eu sigo seu olhar até a Sra. Palmer, a mulher da casa cor-de-rosa, parada em seu portão aberto pela metade. Ela está longe demais para eu ter realmente escutado sua voz, e ainda assim poderia jurar que ouvi, como se ela tivesse falado no meu ouvido. Está usando um vestido cor-de-rosa comprido naquele dia, quase da mesma cor que sua casa, sua frente única deixando os ombros bronzeados à mostra. Está de óculos escuros.

Evan fica de pé, apanhando sua toalha. A areia brilha em suas costas e ombros como uma camada de açúcar.

— Vejo você depois, Vi.

Torço o pescoço para olhar para ele.

— Mas aonde você vai?

— Anne disse que, como a ajudei com o carro, podíamos usar seu barco hoje. — Ele parece perceber o jeito com que estou o encarando, porque acrescenta: — Eu a levaria, mas só cabem duas pessoas no barco.

Não digo nada, e ele se vira, aliviado, penso, por eu não ter feito um rebuliço. Eu o observo andando até a casa, o sol martelando, e, quando ele passa pelo portão e Anne o fecha atrás dele, o sol parece refletir em todos os pedaços de vidro que decoram a fachada, como se estivessem explodindo. Fecho os olhos diante dos reflexos.

Sem mais nada para fazer, ando de um lado para o outro da praia, tirando fotos com a câmera digital cor-de-rosa que Phillip me deu de presente na época em que estava se esforçando para eu gostar dele. Jamais quis muito ter uma câmera, mas me divirto com ela agora, tirando fotos de pedaços de vidro perto do oceano, dos cascos de barcos de pesca desertos, da remota linha escura do horizonte. Palavras que alguém escreveu na areia molhada na beira do oceano, já apagando-se com a água. Um cavalo-marinho levado até a areia, sua pequena boca abrindo e fechando, tentando respirar. Eu o jogo outra vez no mar.

No caminho de volta para casa, paro e olho a água. O barco de Anne está lá, movimentando-se com as ondas, sua vela branca como um dente-de-leão contra o céu azul-escuro. Apesar de conseguir distinguir apenas os contornos de duas figuras que imagino serem pessoas, uma coisa é clara: Evan estava mentindo. Definitivamente cabiam mais de duas pessoas naquele barco.

Minha mãe fica em silêncio durante o jantar, empurrando a comida com o garfo. Phillip ignora a nós duas, resmungando para si mesmo enquanto fatia a carne de porco em seu prato. Demora um pouco para ele perceber que Evan não está ali. Quando ele pergunta sobre seu paradeiro, respondo que o filho dele está no quarto com dor de cabeça. Não sei por que estou encobertando Evan. Talvez apenas não queira ouvir ainda mais gritaria.

Mesmo horas depois do jantar, o ar ainda tem cheiro de carne de porco e temperos. Fico deitada na rede, olhando as estrelas. O ar é pesado, abafado pelo calor, apesar de já estar escuro. Os insetos zumbem cansados, batendo as asas nas sombras. De algum lugar distante, consigo ouvir música tocando: reggae alto e pulsante. Olho de volta para o mar, imaginando se verei um barco navegando pela água cor de safira, mas vejo apenas um reflexo achatado da lua.

— Gostaria de um pouco de água, senhorita?

É Damaris, seu rosto ao luar parecendo uma máscara esculpida. Ela estende um copo para mim, gelado e cheio de gotas em volta.

Eu o aceito e o encosto na lateral do rosto.

— Obrigada.

— Onde está seu irmão?

— Na praia, em algum canto.

— Ele está com aquela senhora. — Os olhos dela brilham sob o luar. — A senhora Palmer.

— Acho que sim. Isso. — Afasto um mosquito do meu joelho; ele deixa uma gotícula de sangue para trás, como um pequeno rubi.

— Não devia deixá-lo com ela. Ela é perigosa.

— Como assim perigosa?

Damaris afasta o olhar.

— Ela não é uma boa mulher. Gosta dos fortes e dos jovens bonitos. Ela os pega, e eles nunca mais voltam. Devia mantê-lo longe dela se quiser ficar com ele.

Ficar com ele?
— E como vou fazer isso?
Damaris não diz nada.
— Não sei por que está pedindo a *mim* para fazer alguma coisa a respeito, de qualquer maneira — digo a ela.
Ela olha em direção à casa. Minha mãe e Phillip já foram para a cama; as luzes estão apagadas, exceto na varanda.
— Porque — responde ela — ninguém mais fará.

De manhã, assim que acordo, vejo Evan dormindo no sofá da sala. Ele ainda está sem camisa e enroscado numa posição desconfortável, com o braço embaixo da cabeça. Sob seus olhos há marcas que parecem hematomas. Ele se mexe quando entro, e se senta lentamente, piscando, como se não me reconhecesse. Não se parece nada com alguém que passou o dia anterior relaxando no mar.
— Evan? — pergunto. — Evan, você está bem? — Sento-me ao lado dele no sofá. Posso sentir o calor irradiando como febre de sua pele exposta. — Aconteceu alguma coisa ontem?
Seus olhos são como bolinhas de gude azuis.
— Foi ótimo — responde ele, sua voz soando mecânica, como a de um boneco. — Foi um ótimo dia.

Encostada no corrimão da varanda, observo Evan descendo o atalho até a praia, virando à direita e andando na direção da casa de espelhos. O portão se abre quando ele o toca, e ele desaparece do lado de dentro. Eu olho em volta. Phillip saiu, provavelmente rumo ao campo de golfe, e minha mãe está lendo um livro na espreguiçadeira ao lado da piscina. Enfio os pés no chinelo de dedo e desço o atalho também.

A areia está quente o bastante para queimar meus pés através das solas finas dos calçados. Vou andando vacilante até chegar ao portão da casa de espelhos, e, então, subitamente, o calor desaparece e a areia fica gelada. O portão está fechado. Pelas grades, vejo o jardim selvagem e abundante, com sua diversidade de flores, a maior parte plantada em grandes urnas de pedra de estilo antigo. Posso distinguir outras coisas ali também, agora que estou olhando mais de perto: pedaços do que parecem ser espelhos, grandes cacos posicionados pela areia, como se a Sra. Palmer tivesse esperanças de fazer crescer uma árvore de espelhos daquele chão hostil.

Faço menção de tocar a maçaneta do portão e simplesmente me dou conta de que não tem maçaneta. Há uma fechadura, mas nenhuma maçaneta, e as barras do portão estão cobertas de pedaços de vidro. Eles refletem meu próprio rosto, pálido e ansioso enquanto espio, esperando ver o que está acontecendo na casa, mas, como da outra vez, as cortinas estão fechadas tampando as janelas. Seguro as barras e tento puxar o portão para abri-lo, mas os pedaços recortados dos espelhos cortam as palmas de minhas mãos, e, quando as afasto, estão sangrando.

O portão nem se mexe.

Novamente em casa, vou até a cozinha para lavar as mãos. Observo as linhas rosadas de meu sangue misturadas à água descerem num redemoinho pelo ralo. Quando me viro, vejo Damon parado na soleira da porta me olhando. Ele me entrega uma caixa de Band-Aids sem dizer nem uma palavra.

Evan aparece para jantar dessa vez, mas ele mal come. Suas olheiras parecem ter sido pintadas. Minha mãe diz a ele para tomar cuidado e não pegar sol demais.

Toda noite quando vou para meu quarto, o edredom foi dobrado, os lençóis, esticados, e os travesseiros, afofados. As janelas estão firmemente fechadas, não deixando entrar nem um pouco do úmido ar noturno; em vez disso, o ar-condicionado murmura, refrescando o quarto até ele quase congelar.

Deitada na cama, me pergunto se Evan está em seu quarto agora, deitado sob as cobertas, olhando para o teto, pensando em mim assim como estou pensando nele. Ou talvez ele esteja se perguntando quando a gritaria vai recomeçar. Ou pode estar apenas olhando o espaço, fixamente e sem expressão, da mesma maneira que fizera durante o jantar.

A tensão começou logo depois do noivado. Phillip não sorria tanto quanto antes. Estava distante. Eu podia sentir sua raiva como se fosse o calor que emana de um forno aberto. Minha mãe rodeava-o como uma borboleta, tentando agradá-lo, fazê-lo sorrir novamente. Eu detestava aquilo. Não conseguia perceber se Evan também se sentia como eu. Não no começo.

Uma noite, estava na biblioteca jogando Kingdom Hearts 2 com ele, apertando os botões com força, como se estivesse socando alguém. Evan estava ganhando de mim mesmo assim. Então, subitamente, o barulho começou — os gritos, a voz da minha mãe ficando chorosa, e a de Phillip, furiosa —, mais alto que os sons do jogo e gritos do Xbox.

Evan largou seu controle com um baque e foi bater à porta. Quando voltou e olhou para mim, estava respirando com dificuldade.

"Eu o odeio." Falou. "Eu o odeio."

Eu não disse nada. Estava pensando em como ele parecera pálido aquele dia na porta da garagem, quando Phillip bateu na janela do carro. Como parecera assustado. Só que eu não tinha certeza se era o rosto dele que eu estava imaginando agora — o olhar de medo dele ou o da minha mãe.

"Não achei que alguém pudesse se casar com ele", disse Evan. "Não achei que sua mãe aceitaria. Se soubesse."

Eu deveria tê-lo forçado a terminar aquela frase, penso agora, rolando de um lado para o outro na cama. Quando toco embaixo do travesseiro, minha mão encontra alguma coisa: um pedaço de metal grande, duro e gelado. Minha mão se fecha em volta dele; eu o puxo e olho. É uma chave, feita de metal escuro com um cabo de metal retorcido. Ela brilha sem graça na luz da lua.

Acordo ainda segurando a chave. Tomo banho no chuveiro lá de fora, usando meu maiô, olhando as ondas do oceano enquanto passo xampu no cabelo. Posso ver minha mãe e Phillip na piscina. Os dois estão lendo, em espreguiçadeiras colocadas lado a lado, minha mãe usando uma viseira colorida de plástico que faz seu rosto parecer azul. Ela está de frente para Phillip, e sua voz é alta e animada, mas o rosto dele está enfiado no livro e ele não responde. Era como se ela nem estivesse ali.

A areia queima meus pés através dos chinelos, mas não tenho mais nada para calçar. Aguento a dor até que o chão fique gelado mais uma vez do lado de fora da casa da Sra. Palmer. É quase meio-dia, o sol está a pino, e sinto como se ele fosse um prego afiado atravessando as camadas do céu até alcançar a pele atrás de meu pescoço. Gotas de suor escorrem para dentro do meu maiô enquanto encaixo a chave na fechadura do portão, girando e forçando até escutar o som.

Click.

O portão se abre e piso no jardim. Com cuidado, vou abrindo caminho pelos cacos de vidro que saem da areia. Apenas um deles seria suficiente para decepar um dedo se eu o pisasse. Mal olho para a casa antes de alcançá-la; o cor-de-rosa é ainda mais forte visto de perto, e a casa é feita de estuque liso e comum, um padrão de rosas visível num mosaico de azulejos na parede. Uma rosa branca está pintada na porta da frente, mas não vou até ela. Em vez disso, deslizo para a lateral da casa, me sentindo uma ladra, uma intrusa. Vejo mais uma vez o rosto da Sra. Palmer em minha mente, seus óculos escuros como os olhos de uma mosca, e engulo com dificuldade, com a garganta seca.

Há uma janela ligeiramente aberta do outro lado da casa, apenas um pouco, um pedaço de cortina esvoaçando como uma bandeira para fora no ar parado. Ergo-me na ponta dos pés, subo num rodapé para ficar ainda mais alta, e espio pela cortina para dentro do cômodo.

É uma sala de estar, com mobílias modernas e simples, nada como os luxuosos móveis tropicais da nossa casa. Uma mesinha de centro, um sofá vermelho, um buquê de flores num vaso preto, uma TV com a tela empoeirada como se raramente fosse usada. Um quadro está pendurado na parede acima do sofá, mas está ao contrário, como se alguém tivesse virado a figura para a parede.

Evan está deitado no sofá. Parece estar dormindo, seu braço caído, os dedos tocando levemente o chão. O cabelo em seu rosto balança suavemente enquanto ele respira, como algas marinhas numa correnteza.

Escuto um farfalhar, e a Sra. Palmer entra na sala carregando uma bebida. Tem gelo e algumas rodelas de limão. Parece um gim-tônica, um dos drinques preferidos de Phillip. Ela o coloca sobre a mesa e se vira para olhar para Evan. Está usando uma saída de praia branca e leve, por cima de um biquíni preto, e óculos de sol. Quem usa óculos de sol em casa? E saltos altos? *Seus pés devem doer*, penso, enquanto ela se debruça sobre Evan. Meu estômago se revira quando ela puxa o cabelo dele para trás e se inclina, sua boca sobre a dele, e fico esperando para vê-los se beijando.

Mas ela não o beija. Fica onde está, pairando, como uma abelha numa flor. Seu cabelo loiro cai atrás dele como um lençol dourado-claro, e penso em como gostaria de ter um cabelo daqueles, e então a vejo franzindo os lábios como se estivesse prestes a assobiar. A boca de Evan também se abre, apesar de seus olhos continuarem fechados. Seu peito está se elevando e baixando rapidamente agora, como se ele estivesse correndo. Vejo sua mão se fechar. Uma coisa clara e delicada como fumaça sobe da boca de Evan; parece que ele está soltando uma nuvem de dentes-de-leão.

A Sra. Palmer se endireita e vira o quadro pendurado na parede. É um espelho, com a superfície estranhamente embaçada. Ela volta a olhar para Evan; a fumaça branca subindo de sua boca virou uma pluma, e, enquanto ela sobe, a superfície do espelho começa a brilhar suavemente. Ela se inclina sobre Evan mais uma vez...

Minhas mãos escorregam do parapeito da janela, e eu caio, meu tornozelo torcendo sob meu peso, quase me derrubando na areia. Minha respiração sai num soluço.

— Quem está aí? — Escuto a Sra. Palmer perguntar, sua voz estranhamente grossa. — Tem alguém aí?

Saio correndo.

Meu coração está acelerado, e as solas dos meus pés queimando quando chego em casa. Entro na cozinha pela porta dos fundos, pelo lado da casa onde flores empoeiradas crescem na sombra. Damaris não aparece; a cozinha está vazia, os pratos e a louça, empilhados num pano de prato colorido ao lado da pia. Abro a água e lavo as mãos empoeiradas. Meu coração continua acelerado. *Ela não é uma boa mulher. Gosta dos fortes e dos jovens bonitos. Ela os pega, e eles nunca mais voltam.*

Saio para a varanda; minha mãe está ali, deitada numa espreguiçadeira, com metade do corpo na sombra e metade no sol. Ela tem um livro aberto no colo, o mesmo que esteve lendo a semana toda. Não acho que ela avançou mais do que poucas páginas. Levanta os olhos, me vê e acena para eu me aproximar.

Sento-me na ponta da espreguiçadeira, e minha mãe ri para mim debilmente.

— Está se divertindo, Violet?

Minha boca está seca; tenho vontade de contar a ela sobre o que vi, sobre Evan, mas ela parece tão distante, como se estivesse se afastando cada vez mais em alto-mar. Tento me lembrar da última vez em que senti que minha mãe estava realmente se concentrando em alguma coisa, especialmente em mim.

— Claro.

— Parece que mal a vi — lamenta ela. — Ainda assim, acho que é melhor desse jeito, com você e Evan se divertindo juntos...

Penso em Evan parecendo mole e de seu rosto cinzento no sofá.

— Estou preocupada com Evan, mãe.

— Preocupada? — Seus olhos cinza parecem vazios atrás dos óculos de sol. — Não deveria ficar se preocupando durante as férias.

— Não, quero dizer, acho que pode haver algo de errado com ele... Tipo, bem errado.

Ela suspira.

— Adolescentes podem ser meio mal-humorados e carrancudos, Vi. Com os hormônios borbulhando dentro deles e aquilo tudo. Apenas não preste atenção nas crises dele. Evan precisa se ajustar a essa nova situação familiar, assim como você.

— Mãe — digo lentamente, reunindo coragem. — Mãe, você está feliz?

Ela se senta, parecendo surpresa.

— Claro que estou! Quero dizer, olha só onde estamos. — Ela gesticula abrindo os braços, indicando o mar, o céu, a praia. — Mesmo trabalhando em dois empregos, nunca poderia ter bancado uma viagem assim antes.

Mas não é boa. Fico com essas palavras na ponta da língua, no entanto, a expressão no rosto da minha mãe me impede. É como se ela estivesse parada na minha frente, num vestido novinho em folha me implorando para dizer como ficou lindo e não consigo falar a verdade: que o vestido é feio, barato, manchado e brega. Por amá-la, engulo as palavras.

Ela tira seus óculos de sol, e, por um momento, acho que está realmente me olhando, realmente me enxergando.

— Sei que Phillip parece estourado — diz ela finalmente. — Mas ele só está cansado. Seu trabalho lhe exige muito. Ele nos ama de verdade. Posso ver sua bondade. Em seus olhos, sabe? — Ela continua sem esperar minha resposta. — É o que você vê nos olhos de alguém que se importa. Como diz o ditado, os olhos são os espelhos da alma.

— Janelas — corrijo.

Ela pisca.

— O quê?

— Os olhos são as janelas da alma. Não os espelhos.

Ela se inclina para a frente e coloca a mão sobre a minha. Parece fina, seus dedos endurecidos e secos como galhos.

— Você é tão esperta — observa. — Você sabe de tudo.

O jardim na frente da casa ficava junto a uma poeirenta estrada não pavimentada que leva até Black River. Uma cerca de bambu bloqueava a casa do trânsito vespertino, escondendo-nos do resto do mundo. O próprio jardim é cheio de flores: jacarandás-roxos, orquídeas cor-de-rosa, buganvílias vermelhas. Damon está lá, na sombra, com um chapéu branco jogado para trás da cabeça. Está verificando alguns sprinklers. Tudo parece tão normal que me sinto meio boba quando vou até ele e digo:

— Preciso falar com sua irmã.

Ele olha para mim, os olhos negros insondáveis.

— Minha irmã?

— Damaris — respondo. — Por favor.

Depois de um instante, ele abre o celular, disca e fala num dialeto tão apressado que não consigo entender sequer uma palavra. Depois de um tempo fecha o telefone e se vira para mim com um breve aceno de cabeça.

— Ela vai esperar embaixo da árvore de fogo. — Ele aponta na direção da grande árvore retorcida com suas flores vermelho-ferrugem. — Lá.

Parada embaixo da árvore, flores vermelhas caem em mim toda vez que uma brisa passa pelos galhos. As suaves pétalas tocam meu pescoço e meus ombros, parecendo insetos em minha pele. Tenho que lutar contra a vontade de arfar e varrê-las para longe. Fico aliviada quando Damaris passa pelo portão de bambu e vem em minha direção. Ela está usando um vestido de algodão da cor do pôr do sol, mas seu rosto está sombrio.

— Você a viu — diz ela sem rodeios. — Não viu?

Conto tudo logo de uma vez: o portão, a chave, o jardim de espelhos quebrados, o que vi pela janela. Ela me observa enquanto falo, com o rosto imóvel até eu terminar, e então diz:

— Quem é ela, Damaris? O que é ela?
— Quer mesmo saber?
— Sim. Por favor, me diga.
— Ela é uma bruxa — responde Damaris. — Uma bruxa muito velha. Nem toda magia é má, mas a dela é. Ela era dona de uma plantação, ou pelo menos seu marido era. Dizem que ele batia nela. Um dia ela se levantou e o matou com as próprias mãos. Então começou a matar os escravos, um a um. Apenas os homens, entenda bem. Ela faz com que a amem, e depois suga a vida deles e os deixa para morrer vazios, como cascas sem sementes. Ela gosta dos jovens e bonitos, mas, se não consegue esses, aceita qualquer um. Ela os seduz com uma bebida mágica, e, quando eles a provam, tornam-se sua propriedade. Pega suas almas e se alimenta delas para ficar sempre jovem e bonita. Há centenas de anos tem feito isso. Às vezes os mata rapidamente, às vezes espera, brinca com eles por um tempo. Como está brincando com seu irmão.

— Evan não é meu irmão — respondo, entre dentes. — E se você sabe disso tudo, se todo mundo sabe, então por que não fazem alguma coisa a respeito?

— Ela não pode morrer — diz Damaris. — Há muito tempo, mataram essa mulher e a enterraram num túmulo com cercas especiais para evitar que ela voltasse a andar. Mas nem isso a prendeu debaixo da terra. Sua mágica é forte e mortal, e ela vive eternamente. Faça mal a ela, e ela vai se vingar de você e de seus filhos. Mas você... você é estrangeira. Está indo embora, indo para um lugar onde ela não pode machucá-la. Por isso, posso contar como machucá-la. Ela se alimenta das almas que rouba. Destrua essas almas e tirará o poder dela tempo o bastante para ter seu irmão postiço de volta.

— Mas onde ela as guarda?

— Não sei — responde Damaris. — Mas você é uma garota esperta. Talvez consiga descobrir. — Ela me olha de lado. — Vou dizer uma coisa, no entanto. Anne Palmer nunca desiste de um homem depois de enfiar as garras nele. Por nada.

— Então, por que está me contando tudo isso? — Minha voz se eleva até quase um grito. — Se não existe nada que eu possa fazer para salvar Evan, se já é tarde demais, então para quê?

Uma flor vermelha se desprende da árvore e flutua até pousar no ombro de Damaris como uma poça de sangue.

— Eu disse que ela nunca desiste de um homem por nada — explica ela. — Não disse que ela não desistiria por alguma coisa.

À noite, Evan não apareceu para jantar. Phillip franze o cenho quando vê o lugar de seu filho vazio, uma linha afiada aparece entre suas sobrancelhas, como se tivesse sido cortada com uma faca.

— Violet — diz ele. Sempre pronuncia meu nome arrastado, como se estivesse se preparando para me dar um sermão: *Vi-oh-let*. — Violet, onde está Evan?

Olho para meu prato. Está cheio de curry e peixe enrolado em folhas de bananeira e frutas fatiadas das cores de joias. A visão revira meu estômago.

— Na praia, eu acho.

— Bem, vá buscá-lo. — Ele pega o garfo. — Já chega de faltar às refeições em família.

Olho para minha mãe, que assente imperceptivelmente, como se estivesse com medo de ser vista me dando permissão. Atiro meu guardanapo na mesa e levanto.

— Vou tentar achá-lo — digo. *Não estou prometendo nada.*

O sol já se pôs, deixando a areia fresca e macia sob meus pés. Uma brisa vem do oceano; ela sopra através de meus cabelos, esfriando o suor úmido na minha nuca, entre minhas omoplatas. Viro-me para olhar a casa da Sra. Palmer. Está escura e apagada sob o céu sombrio, como uma flor cujas pétalas fecharam para a noite. Penso no que Damaris me disse, e lembro-me do rosto aterrorizante da Sra. Palmer enquanto se debruçava sobre Evan, meu coração se aperta. Não posso entrar lá. Não posso ajudá-lo nem salvá-lo. Não sei nem por que Damaris me contou aquelas coisas. Ela viu minha mãe e Phillip juntos. Deve ser óbvio que não sou alguém capaz de salvar outra pessoa, mesmo pessoas que amo.

Viro de volta para a casa. É nesse momento que vejo uma coisa: um pedaço de pano azul preso numa das rochas perto da entrada da caverna que Evan me mostrou no primeiro dia em que estávamos ali. Um azul da mesma cor da camiseta dele. Ando até a caverna, olho em volta para ver se alguém está me observando, e então me viro de lado para entrar.

Esgueiro-me pela parte estreita no túnel curto, saio no espaço maior onde o musgo colorido brilha nas paredes da caverna como luzes de Natal. Demoro um instante para enxergar Evan, sentado na areia úmida junto à parede da caverna, as pernas dobradas sob o queixo, o rosto entre as mãos.

— Evan. — Ajoelho-me a seu lado. — Evan, o que foi?

Ele levanta os olhos, e fico chocada. Mesmo no curto espaço de tempo entre o dia anterior e aquele, seu rosto parece ter desmoronado sobre si mesmo: ele está abatido e cinzento, e seus olhos, marcados por olheiras. Seus ombros parecem magros por baixo do tecido fino da camiseta. Antes, ele parecia mecânico, hipnotizado, como se sob o efeito de uma droga anestésica. Agora, este havia passado, e ele se sacudia desesperadamente. De alguma maneira, era muito pior.

— Vi — sussurra ele. — Aconteceu alguma coisa... Deixei-a muito zangada. Não sei nem o que fiz, mas ela me mandou embora.

— A Sra. Palmer? É dela que está falando? — Estico a mão para tocá-lo, deslizo-a em seu ombro e o aperto com força. Ele mal parece notar. — Evan, não deveria ficar perto dela. Ela não é uma boa pessoa. Ela não é... boa para você.

— *Preciso* ficar perto dela — disse ele. — Quando não estou perto dela, sinto como se não conseguisse respirar. Como se estivesse morrendo. — Ele remexe freneticamente a areia. — Você não entenderia.

Ai. Isso dói. Como se eu fosse uma garotinha que não sente nada. Prendo a respiração.

— Você a ama?

Ele dá uma risada meio seca, não realmente uma gargalhada.

— Você ama água? Ou comida? Ou apenas precisa ter essas coisas? — Ele apoia a cabeça na parede da caverna. — Acho que estou morrendo, Violet.

— Vamos para casa — digo. — Vamos para casa, e você vai se esquecer completamente dela.

— Não quero esquecer — sussurra ele. — Quando estou com ela, vejo... tudo. Vejo *cores*...

— Evan. — Meu rosto está molhado de lágrimas; toco o queixo dele para que me olhe. — Deixe-me ajudá-lo.

— Me ajudar? — pergunta ele, mas soa mais como um *por favor, me ajude*, e ele abre os olhos.

Inclino-me para ele, e nossos lábios se encontram em algum lugar no meio de toda essa escuridão, e lembro-me de beijá-lo na recepção do casamento, quando nós dois estávamos meio bêbados e rindo embaixo do toldo de flores brancas artificiais no jardim. Aquele beijo teve gosto de champanhe e batom, mas, agora, Evan tem gosto de mar e sal. Sua pele parece seca sob minhas mãos enquanto o toco. Mesmo quando ele rola para cima de mim, e eu o seguro nos braços, ele parece leve como um galho, e, quando grita um nome, não é o meu.

Praticamente preciso empurrar Evan de volta para casa. Quando chegamos lá, vejo que minha mãe e Phillip terminaram de comer: a mesa está abandonada, moscas reunidas aos montes em volta de um prato de bananas fritas. Empurro Evan para uma espreguiçadeira, onde ele se deita sem resistência, as mãos atrás da cabeça.

— Já volto — digo a Evan, apesar de ele mal parecer escutar.

Entro na casa pelas portas duplas. Não sei bem o que estou pensando agora... se implorar para minha mãe e Phillip, será que nos levam de volta para casa no próximo avião, interrompendo a viagem? Eles poderiam internar Evan em um hospital, qualquer coisa para levá-lo para longe, mesmo que Damaris tenha dito que não faria diferença alguma?

A porta do quarto deles está fechada; paro na frente dela, com a mão levantada, pronta para bater. Posso escutar vozes do outro lado: Phillip gritando, minha mãe dizendo alguma coisa, tentando acalmá-lo, mas não adianta. A voz dele se eleva mais ainda enquanto a dela diminui até virar suaves engasgos. Ela está chorando. Minha mão fica congelada no meio do movimento como a de uma estátua. Os soluços da minha mãe saem suavemente por baixo da porta como o som da maré sendo puxada de volta para o mar, interrompido subitamente pelo barulho de uma bofetada, repentino como um tiro. Escuto ela arfar, e, subitamente, tudo fica quieto.

— Carol... — diz Phillip.

Não consigo identificar se ele parece arrependido ou apenas cansado. Não tenho certeza se me importo. *Será sempre assim,* penso, *pelo resto da minha vida, escutando atrás de uma porta fechada enquanto Phillip lentamente arruína minha mãe, sugando sua alma assim como a Sra. Palmer está sugando a de Evan.*

Afasto-me da porta e do silêncio do outro lado. Na sala de estar, os tacos de golfe de Phillip reluzem na bolsa de couro pendurada num dos ganchos ao lado da porta da frente. Pego um deles e saio até a varanda. Evan está deitado na espreguiçadeira da maneira que o deixei, com a cabeça em cima no braço. Está tão imóvel que preciso checar o leve subir e descer de seu peito para ter certeza de que ainda está vivo antes de andar até o caminho que leva ao oceano.

À noite, o mar é negro como tinta. Se eu fosse um fantasma voando por ele, penso, poderia ver meu rosto em sua superfície espelhada? Ele bate na praia, formando espumas brancas na borda, enquanto entro pelo portão da casa da Sra. Palmer e piso no jardim.

Em todo lugar os cacos de vidro sobem da areia como barbatanas de tubarão emergindo da água. O ar aqui perto do oceano é pesado e quente. Levanto o taco em minha mão; ele é pesado e maciço. Eu o baixo com força contra o caco mais próximo, quase esperando que o taco ricocheteie. Mas o vidro se estilhaça, explodindo em um milhão de pedacinhos. Uma nuvem branca de fumaça sobe dali, como a fumaça de um cigarro, e se dissipa pelo ar noturno.

Fico parada, respirando com dificuldade, segurando o taco. E então golpeio de novo, e de novo. O ar fica cheio do adorável e tilintante som de vidro espatifado. Uma luz se acende subitamente — a luz da entrada da casa —, machucando meus olhos, mas continuo golpeando, destruindo vidro após vidro, até alguma coisa agarrar a outra ponta do taco e ele ser arrancado violentamente das minhas mãos.

A Sra. Palmer está parada na minha frente. Ela não parece mais perfeitamente arrumada; seu cabelo está molhado e embaraçado; seus olhos, arregalados e selvagens. Está com um longo vestido preto, de mangas, num estilo antigo. Realmente parece uma bruxa.

— O que pensa que está fazendo? — grita. — Isso aqui é uma propriedade privada, *minha* propriedade...

— Eles não pertencem a você — digo a ela. Minha voz soa estável, mas não consigo evitar me afastar um ou dois passos; meus chinelos de dedo fazendo barulho no chão cheio de cacos. — São almas.

Ela me olha, boquiaberta:

— Almas?

— Pode chamá-las como quiser. As vidas que você roubou. Você as coloca nos espelhos. São neles que as guarda.

Sua voz é de escárnio.

— Você é louca...

— Vi você fazendo isso — digo a ela. — Vi o que fez com Evan. Eu estava espiando pela janela.

Sua boca se abre, e então vejo seus olhos se direcionando para a chave em minha mão.

— *Damaris* — diz ela. — Aquela mulher é uma intrometida. Ela nunca sabe quando ficar fora dos assuntos dos outros.

— Quero que deixe meu irmão postiço em paz — digo a ela. — Quero que deixe Evan ir embora.

Apesar da raiva, seus lábios vermelhos se curvam num sorriso.

— Damaris deve ter explicado que não é tão simples assim.

— Se não deixá-lo ir, vou voltar... vou despedaçar cada um desses espelhos... vou contar para todos onde guarda suas almas, e então todo mundo vai saber...

— Seu irmão postiço — começa ela. — Ele falava de você. Sabia que você tinha uma quedinha por ele. Disse que achava engraçado. — Sua voz não demonstra mais raiva agora; tem algum tipo de alegria nela, da maneira como falou com Evan quando lhe ofereceu aquela garrafa de suco.

— Você era uma piada para ele, Violet. Então, por que está gastando tanta energia tentando salvá-lo agora?

O que ela diz dói. Tento me convencer de que está mentindo, mas dói mesmo assim, uma pontada afiada, como gotas de limão num corte na pele. Respiro fundo.

— Eu o amo. Damaris disse que ele só poderia ser ajudado por alguém que o amasse...

— Mas ele não ama você — diz ela. — É assim que os homens são. Eles pegam o amor que você oferece a eles e o retorcem até virar um cajado com o qual possam te bater. — Ela olha para o taco em sua mão; seu olhar é vingativo. — Me diga que não tenho o direito de revidar, Violet. Diga que não faria a mesma coisa em meu lugar. Homens são uma praga nas vidas das mulheres, e você sabe disso.

Em minha mente, vejo Phillip e minha mãe a seus pés, catando frutas do chão com os dedos sangrando.

— Não sei o que penso sobre os homens — respondo. — Mas Evan é apenas um garoto. Ele ainda não é bom nem mau nem nada além disso. Não deveria estar sendo punido.

— Ele vai crescer e ficar igual ao resto deles — diz a Sra. Palmer, que assassinou o marido na própria cama. Numa voz distante, continua: — Todos ficam. É por isso que não vou desistir dele.

Penso no marido de Anne Palmer, no homem com o cajado.

— Damaris disse que você não abriria mão de Evan por nada — digo. — Mas ele é jovem e fraco. E se eu conseguisse algo melhor para você?

Contra a escuridão, como o súbito e cintilante brilho de um vaga-lume, vejo Anne Palmer sorrir.
— Conte-me. — Ela diz.

Acordo de manhã com a luz clara do sol e o barulho dos pássaros. Fico deitada em minha cama de dossel por um longo instante. Seria fácil pensar que a noite passada nunca acontecera, nada dela, mas quando viro a cabeça, vejo a garrafa de plástico na minha mesa de cabeceira, ao lado do despertador. O líquido claro em seu interior brilha como um arco-íris, como um vazamento de óleo.

Coloco um vestido de praia de batique e calço mais uma vez os chinelos. Posso ver cortes em meus tornozelos, nos quais vidros voaram e cortaram minha pele, mas estou quase certa de que ninguém vai achar que os pontos vermelhos são mais do que meras picadas de mosquito. Pego a garrafa na hora de sair. Ela parece pesada, mais pesada do que se estivesse cheia de água. Quando eu a inclino, o líquido faz um barulho viscoso.

Damaris está na cozinha, fritando bacon numa frigideira. Ela não diz nada, mas posso vê-la me observando de canto de olho enquanto pego um copo de uísque na prateleira e encho de gelo. Abro a tampa da garrafa que a Sra. Palmer me deu na noite anterior e derramo o líquido no gelo. Ele sai lentamente da boca da garrafa, espesso como lava. Seu cheiro é vagamente medicinal, lembrando ervas. Enquanto o observo, Damaris vem até mim e joga uma fatia de limão no copo.

— Pronto — diz ela. — Diga a ele que é para dor de cabeça.

Concordo com ela e levo o copo até a varanda. Evan ainda está deitado lá, mas agora seus olhos estão abertos e sua pele já tem um pouco de cor.

"Ele não vai se lembrar de nada?", perguntei à Sra. Palmer à noite em seu jardim de espelhos, que eram almas como pedacinhos de brilhantes, dentes quebrados cintilando a nossa volta. *"Promete?"*

"Ele não se lembrará", ela havia prometido. *"Apenas das férias. Do sol. Da areia. E, então, do acidente."*

Minha mãe está sentada numa cadeira ao lado de Evan, remexendo-se e tentando fazê-lo segurar um pano úmido e frio em seu rosto; ele afasta a mão dela, recusando, mas pelo menos sua voz está forte quando ele diz a ela que não. Ela está usando óculos escuros de novo, mas eles não conseguem esconder a pele descolorida de sua bochecha. Olho por um tempo para eles dois antes de atravessar a varanda para a alcova sob a sombra em que Phillip está sentado com o jornal aberto no colo.

— Oi — cumprimento.

Ele levanta os olhos, seu rosto estreito, sem expressão, sob o sol. Não existe culpa na maneira como ele olha para mim, nenhuma admissão interna de que noite passada ele fez uma coisa que, por mais que minha mãe perdoe, eu nunca perdoarei. Mas duvido que Phillip esteja interessado em meus sentimentos. Ele nunca pensou em mim como uma pessoa de verdade, com o poder de conceder ou negar perdão.

"Tem que ser rápido, e não lentamente", eu dissera à Sra. Palmer. *"Não quero que ele vá se esvaindo. Quero que você pegue tudo de uma vez."*

Ela havia sorrido com dentes brancos e afiados. "*Tudo de uma vez*", ela prometera, e me entregou uma coisa achatada, brilhante e afiada. Um pedaço de espelho quebrado.

A alma de Evan.

"*É sua*", dissera ela. "*Para guardar ou quebrá-la e libertá-la inteiramente de volta para ele.*"

Eu o escondi embaixo da minha cama ontem à noite, onde ficou refletindo a luz da lua. "*Vou quebrá-lo hoje à noite*", disse a mim mesma. "*Quebrar e devolver a Evan sua alma.*" Farei isso esta noite.

Ou amanhã.

Estendo o drinque para Phillip. À luz do sol, parece água comum, com um claro pedaço de limão flutuando. Ainda assim, posso ouvir o barulho sibilante do líquido grosso escorregando pelo gelo. Ou talvez esteja imaginando isso.

— Aqui — digo. — Damaris mandou isso para você. Disse que seria bom para sua dor de cabeça.

Ele franze o cenho.

— Como ela sabia que estou com dor de cabeça? — Não respondo nada, e, depois de um tempo, ele baixa o jornal e pega o copo da minha mão. — Obrigado, Violet — agradece ele naquela sua maneira dura e formal.

E ele toma um gole. Observo sua garganta enquanto o líquido desce. Nunca observei Phillip com tanta fascinação antes. Finalmente ele larga o copo e pergunta:

— Que tipo de suco é esse?

— Aloe Vera — respondo. — Damaris disse que é bom para curar.

— Folclore estúpido. — Ele resfolega e pega o jornal de volta.

— Tem mais uma coisa — digo. — Aquela mulher, a que Evan estava ajudando, bem, seu carro ainda está quebrado. Ela disse que Evan não conseguiu descobrir como se conserta.

Phillip bufa.

— Eu mesmo poderia ter dito isso a ela. Evan não entende nada de carros.

— Ela pensou que você pudesse dar uma olhada — continuo. — Considerando que você entende. Provavelmente, entende mais desse assunto do que Evan.

— Isso mesmo. Entendo. — Ele pega o copo mais uma vez, esvazia-o e estala os lábios. — Acho melhor ir logo ajudar a pobre mulher. — Ele se levanta.

— Isso seria ótimo. — Aponto o caminho. — Ela mora ali, na casa cor-de-rosa, a que parece uma flor. Está esperando você.

E está mesmo. *"Ele é meu padrasto"*, eu tinha dito à Sra. Palmer. *"Ele é forte, mais forte que Evan. Mais velho. E bate na minha mãe. Assim como seu marido batia em você."*

Phillip dá um tapinha em meu ombro desajeitadamente.

— É uma boa garota, Violet.

Não, penso. *Isso é algo que não sou*. Porque em algum lugar na casa cor-de-rosa, Anne Palmer está esperando, com seus lábios vermelhos e seu jardim de vidro, e seus espelhos que roubam almas. Observo Phillip descer apressadamente pelo caminho, um pouco rígido em seus chinelos novos, a luz do sol refletindo na parte calva de sua cabeça. Observo e não digo nada. Observo, porque sei que ele nunca mais voltará.

Nenhum lugar é seguro

LIBBA BRAY

Alô? Está gravando? Vejo uma luz vermelha, então espero que minha bateria dure bastante. Tudo bem, preste atenção, porque só vou ter uma chance de fazer isso, e vou contar tudo depressa. Se você encontrou isso no YouTube, tem realmente muita sorte, porque precisa saber disso.

Desculpe por todo esse barulho no fundo. É muito difícil explicá-lo agora, e você não vai querer saber o que está do outro lado daquela porta. Confie em mim.

A propósito, meu nome é Poe. Poe Yamamoto. E é Poe como em Edgar Allan. Isso aí, por que qual cara não gostaria de acabar com um nome desses? Droga, estou totalmente confuso. OK. Foco, cara. Conte a história.

Digamos que você acabou de se formar no ensino médio e resolveu comemorar o fim de 13 anos de estudos obrigatórios fazendo um mochilão pela Europa com alguns amigos. Vocês seguem o roteiro: Paris, Dublin, Veneza — que, a propósito, cheira a merda de pombo frita no óleo —, Londres (fria, úmida e cara, mas você já deve saber disso), talvez algumas cervejas na Alemanha.

E, talvez, apenas um de vocês pudesse dizer: "Ei, vamos sair do lugar-comum, vamos ver algumas daquelas cidadezinhas misteriosas na Europa Oriental, caçar vampiros e lobisomens e coisas do tipo que aparecem nas noites eslavas." Por que não? Você só terá essa chance uma vez na vida.

Então, arruma as malas e vai em direção ao leste europeu. Pega um trem que passa pelo tipo de floresta mais velha que qualquer coisa que tenhamos em casa, mais velha até que qualquer coisa que se possa imaginar. Como se praticamente pudesse sentir o cheiro de velho saindo daquele imenso muro de árvores intermináveis, e ele faz com que se sinta completamente diminuído e inexperiente.

Enfim.

Chega a um vilarejo e nota os grandes pingentes de olhos malignos que os moradores penduram em suas janelas. Talvez até dê risada com as superstições excêntricas. Isso, amigos, é o tipo de babaquice arrogante que pode acabar com a vida de um cara. Elas não são tão excêntricas nem são superstições. Existe uma razão para aqueles aldeões ainda estarem vivos.

Você passa um tempo lá, prova o cozido suculento e apimentado do lugar, tenta bater papo com os nativos, que ficam lhe dizendo para ir embora — para conhecer Moscou, Budapeste ou Praga. Como se quisessem se livrar de você. Como se você fosse encrenca. Você os ignora e, um dia, arrisca-se com seus amigos naquela floresta desconhecida, passando por uma bruma espessa que surge de lugar nenhum. Essa não é a melhor hora para parar e fazer xixi numa árvore, ou filmar um vídeo de viagem para mostrar à família quando voltar.

Sabe aquela sensação arrepiante que a gente sente na nuca? Preste atenção nela, Holmes. Esse sinal não-estou-gostando-nada-disso alertando sobre a parte lagarto do seu cérebro — algum núcleo primário de massa cinzenta deixada pelos seus ancestrais mais antigos, que ainda não foi destruída por condomínios gradeados, lojas de conveniência 24 horas iluminando as estradas e meia dúzia de programas de caça-fantasmas enganosos dos canais a cabo durante a madrugada. Só estou dizendo que essa parte lagarto do cérebro existe por um motivo. Agora entendo isso.

Então, quando estiver caminhando por aquele atalho desconhecido e uma névoa surgir do nada, acariciando seu corpo inteiro, girando você até que não saiba mais onde está e as árvores parecerem sussurrar no seu ouvido. Ou se achar que viu no escuro uma coisa que não deveria existir, que você tenta se convencer de que não poderia existir exceto em histórias assustadoras contadas em volta de uma fogueira. Escute o lagarto, Holmes, e faça um favor a si mesmo.

Corra. Corra como se o diabo o estivesse perseguindo. Porque ele pode realmente estar.

Ainda está gravando? Bem. Deixe-me contar o que aconteceu, enquanto ainda posso.

Não sei quem teve a ideia primeiro — pode ter sido eu. Pode ter sido Baz, ou John, primo dele. Pode até ter sido minha BFF, Isabel. Apenas três caras e uma garota de mochilas, passes do Eurorail e dois meses inteiros até a hora de começar a faculdade. De alguma maneira tínhamos conseguido gastar a maior parte do nosso dinheiro em um mês. Foi quando um de nós — mais uma vez, não consigo me lembrar quem — sugeriu que esticássemos nossa grana viajando pela Europa Oriental.

— É isso ou voltamos para casa cedo para passar o verão na Taco Temple entregando sacos de bombas de gordura pela janela do drive-thru — disse Baz. Ele já estava na quarta cerveja alemã e parecia uma cabra de 1,90 metro com insônia, pela maneira com que andava cambaleando. Havia até espuma em sua nova barbicha.

— Não podemos ir para Amsterdã em vez disso? Dizem que lá se pode fumar maconha ao ar livre — implorou John.

Isabel sacudiu a cabeça:

— Caro demais.

— Para vocês — murmurou John.

— Não seja assim. — Isabel deu um beijo nele, que amoleceu. Estavam juntos desde a segunda semana na Europa, e eu tentava levar aquilo numa boa. Izzie valia dez Johns, para dizer a verdade. — Então, para onde podemos ir? Não para algum lugar onde todo mundo e sua tia mais distante também já foram. Vamos atrás de uma aventura de verdade, sabe?

— Como o quê, minha bela e audaciosa princesa viajante? — perguntou Baz, sendo o típico Baz, o que significava apenas ligeiramente afastado da linha divisória entre um simples amigo descarado e um babaca inconveniente. Tentou afagar o cabelo de Isabel. Ela o afastou com um olhar de injúria fingida e a ameaça de um

soco que deixou Baz de joelhos, fingindo-se apavorado.
— Perdão — gritou ele numa voz aguda. Então piscou. — Ou não. Pra mim está bom de qualquer jeito.

Revirando os olhos, Isabel abriu nosso guia de turismo Europa Econômica e apontou uma seção chamada "Europa Mal-Assombrada", que dava dicas sobre os lugares incomuns que supostamente eram amaldiçoados de alguma maneira: castelos construídos com ossos humanos, vilas que costumavam perseguir e queimar bruxas, antigos cemitérios e cavernas onde vampiros se escondiam. Lugares para se ver lobisomens ou demônios, esse tipo de coisa.

John fez cócegas em Isabel e puxou o livro das mãos dela:

— Necuratul. Cidade dos Amaldiçoados. Na Idade Média, Necuratul sofreu uma série de infelicidades: uma seca terrível, perseguições de inimigos brutais e a Peste Negra. E então, subitamente, no século XV, seus problemas terminaram. Necuratul prosperou. A cidade escapou de todas as doenças e se protegia com facilidade de ataques inimigos. Corriam rumores de que o povo de Necuratul havia feito um pacto com o diabo em troca de boa sorte e sobrevivência.

"Ao longo do século passado, a sorte de Necuratul diminuiu. Isolada por uma floresta densa e esquecida pela industrialização, a maior parte de seus jovens, assim que possível, vai embora em busca da vida nas cidades grandes e universidades. Mas voltam para o festival do dia da aldeia, 13 de agosto, quando Necuratul honra seus antigos rituais, culminando numa festa ao estilo de Mardi Gras, com direito a comidas deliciosas e bebidas fortes.

(Necuratul é tão famosa por seus excelentes vinhos quanto por sua história desonrosa.)

"Infelizmente, este pode ser o último ano do festival... e da própria Necuratul, considerando que existem planos de mudar a cidade de lugar para a construção de uma usina.

— Nossa! Que guia de turismo animado. — Baz riu. — Venham para nossa cidade! Bebam nosso vinho! Olhem nossas mulheres! Empanturrem-se com nossos banquetes! E tudo que precisam dar em troca é... *suas almas*!

— Eles têm vinho bom e uma festa infernal? Já estou lá — disse John. Ele ainda estava com seus caros óculos escuros no topo da cabeça. Seu nariz estava queimado de sol.

Baz bebeu o resto de sua cerveja e limpou a boca no braço.

— Estou dentro.

— Eu também. Poe? — Isabel estendeu a mão para mim e sorriu. Era sempre difícil resistir a Izzie quando ela estava sendo aventureira. Éramos melhores amigos desde a sétima série, quando ela chegara do Haiti, e eu, da cidade grande, e tínhamos contado um com o outro como boias perdidas num mar escuro e agitado. Entrelacei meus dedos nos dela.

— Rumo à Cidade dos Amaldiçoados — respondi, e todos nos cumprimentamos.

Na manhã seguinte, saímos do albergue antes de amanhecer e pegamos um trem com direção ao leste saindo de Munique. O trem chacoalhava pelas montanhas com quedas íngremes que deixaram John e Baz, ainda de ressaca, enjoados. Depois de mais algumas voltas e curvas, desaparecemos em meio a uma floresta vasta e escura — uma sentinela altaneira de poderes antigos.

— Não sobreviveria um dia aí fora — balbuciei.

— Cara, ninguém sobreviveria — disse John. Então puxou seu chapéu para bloquear a luz e voltou a dormir no ombro de Isabel.

Em Budapeste, um grande número de passageiros entrou e nossa aconchegante cabine foi invadida por uma velha senhora com cheiro de alho e um sotaque mais pesado que pão preto.

— Estou sentada aqui, sim? Me deem espaço.

Isabel e John ainda estavam adormecidos no banco da frente, então Baz e eu nos apertamos, e a velha se sentou esparramada ao nosso lado.

— Para onde estão indo? Não, esperem! Não me digam. Eu adivinho. Estão indo para...

— Necuratul. Cidade dos Amaldiçoados — interrompeu Baz. Ele agitou as sobrancelhas para enfatizar.

A senhora grunhiu:

— Disse que ia adivinhar. Sou vidente. Quando americanos estúpidos não me passam o braço.

— Quer dizer, passam "a perna"? — perguntou Baz.

— Não importa. Vocês são?

Apresentamo-nos, e ela assentiu como se tivesse refletido e decidido que fazia sentido termos aqueles nomes.

— Podem me chamar de Sra. Smith.

Por algum motivo, Sra. Smith não parecia o tipo de nome de uma vidente da Europa Oriental que embarcara em Budapeste cheirando a alho. Acho que nossas expressões podem ter nos denunciado, porque ela deu de ombros.

— Foi um nome fácil de pintar em meu trailer. Além disso, todos conhecem alguém chamado Smith. Venham. Vou ler a sorte de vocês.

— Não temos dinheiro — respondi rapidamente.

— Quem falou em dinheiro? — replicou a Sra. Smith. — Eu esqueci de trazer meu livro e estou entediada. Não seja tão idiota.

— Não é esse tipo de coisa que sempre acontece nos filmes? Tem algum cara velho ou uma mulher que lê a sua sorte e fica falando: "Oh, você vai morrer ou vai ganhar muito dinheiro ou então vai conhecer uma garota. Agora me dê todo o seu dinheiro"? — tagarelou Baz.

A Sra. Smith se eriçou:

— Posso ler sua sorte agora mesmo sem nem olhar a palma da sua mão.

— Pode?

— Sim. Você é um idiota. Será sempre um idiota.

O sorrisinho de Baz desapareceu.

— Certo. Nos filmes geralmente é mais complexo. E menos agressivo.

A Sra. Smith estava me encarando, e automaticamente senti minha guarda subindo. Como se fosse o primeiro dia de aulas na sétima série se repetindo: *Ei, olhos puxados. Nerd. Rolinho primavera. Ei, você é asiático... pode me ajudar com meu dever de matemática?*

— Alguma coisa errada? — perguntei, agressivamente.

— Você tem um olho azul e um castanho — observou ela.

Cruzei os braços como se a desafiando a continuar.

— Sim. Falha genética. Meu pai é japonês. Minha mãe, americana.

— E completamente sexy — interrompeu Baz. — Quis dizer sua mãe, não seu pai. Quero dizer, seu pai é um cara bonito e tal, mas sua mãe...

— Baz. Para.

— Tá.

— Existe uma lenda sobre o homem com olhos que veem a terra e o céu. Um castanho, um azul — falou a Sra. Smith. Sua voz tinha mudado, ficando mais baixa e um pouco cautelosa.

— Que lenda é essa?

— Ele foi condenado a andar pelos dois mundos, o dos mortos e o dos vivos. Posso? — Ela pegou minha mão e a olhou fixamente por um bom tempo, franzindo o cenho. — É como eu pensava. Você se move ao lado das forças ocultas, os espíritos do mal, os inquietos e vingativos. É seu destino enfrentar o mal, Poe Yamamoto, e muito em breve você será testado.

— Cara — cochichou Baz no meu ouvido, seus dreadlocks de branquelo fazendo cócegas no meu rosto. — A velhinha assustadora acabou mesmo de dizer "enfrentar o mal"?

Ela bateu no braço dele.

— Não sou surda, sabia?

— Ai! Isso foi mesmo necessário?

— Você estava sendo abusado — disse a Sra. Smith enfaticamente.

Baz se calou. Qualquer pessoa que conseguisse calar a boca de Baz era uma força da natureza a ser reconhecida, em minha opinião.

— Cuidado com a resposta mais fácil, Poe Yamamoto. Leia nas entrelinhas. Sempre há algo a mais. Outra explicação. Uma verdade mais profunda e assustadora. Mas, sem a verdade, não existe resolução. E, sem isso, os mortos não descansam.

— Tuuuudo bem. Mais alguma coisa que eu deva saber? — perguntei.

— Sim. Não coma os salgados da lanchonete do trem. Isso não é vidência. É experiência, eles estão sempre passados há três dias, e duros como tijolos. — Ela me entregou seu cartão. Estava escrito: SRA. SMITH VIDENTE. Havia um número de telefone em relevo. — Só para o caso.

— Para o caso de quê?

— De que consiga voltar. — Ela juntou suas coisas e as enfiou na bolsa. — Certo. Agora vou para outra cabine. Para ser honesta, você me deixou com medo. Boa sorte, Poe Yamamoto.

A porta se fechou com um estrondo atrás da Sra. Smith. Isabel acordou e se espreguiçou. Ela ficava bonita toda sonolenta, com o sol salpicado em suas bochechas cor de ébano.

— O que foi que eu perdi?

— Florestas. Montanhas. Mais florestas. Ah, e uma vidente bizarra que disse a Poe que ele tem um encontro com o mal em seu destino.

Isabel soprou nas próprias mãos e fez uma careta.

— É, bem, acho que isso pode ser com meu hálito. Vou até a lanchonete comprar chicletes.

Já passava bastante da hora do jantar do dia seguinte de quando chegamos à estação mais próxima de Necuratul, e todos estavam sofrendo de cãibras e fome. Mostramos ao agente da estação nosso guia, e ele apontou na direção de um motorista com um chapéu festivo enfeitado por uma pena. Estava sentado junto a uma carruagem puxada por cavalos, e comia um sanduíche. Isabel apontou a palavra *Necuratul* no livro; o homem parou de mastigar e ficou olhando de um jeito engraçado para nós.

— Deveriam ir para Budapeste ou Praga. Muito bonitas — disse ele.

— Queremos muito conhecer o festival — disse Isabel.

Ela abriu seu sorriso vou-fazer-com-que-você-goste--de-mim, mas com esse cara não funcionou. A reação dele estava mais para uma careta.

O motorista voltou ao seu sanduíche.

— Dizem que eles idolatravam o diabo. Alguns dizem que até hoje idolatram.

Baz fez uma careta de vampiro, mordendo o lábio inferior com os dentes e arregalando os olhos. Isabel bateu em seu braço.

— Ano que vem — continuou o homem —, vão construir uma usina nas montanhas. Adeus, Necuratul. O progresso é assim, dizem. Vocês têm dinheiro?

— Muito dinheiro — respondeu Baz, ao mesmo tempo em que John dizia:

— Não muito.

— Jovens — resmungou o motorista, enquanto limpava as mãos. — Vou levá-los. Mas aviso logo: não entrem na floresta. Fiquem do lado de dentro das pedras e não as atravessem, ou vão se arrepender.

— Por que vamos nos arrepender? — perguntou Isabel.

— Espíritos inconformados querendo ser libertados. Fiquem fora da floresta — alertou ele, e então ofereceu o resto de seu sanduíche ao cavalo.

— Belo toque de bizarrice — comentou John, enquanto subíamos na carruagem. — Acha que pagam mais para ele acrescentar essa historinha, tipo quando você faz o tour de Jack, o Estripador, em Londres e ficam avisando que ele nunca foi encontrado e, de repente, algum ator tosco de capa preta passa rápido por você?

— Talvez — respondi, mas o motorista não parecia estar brincando.

Foi quando notei o muro baixo de pedras cercando a floresta dos dois lados da estreita estrada de terra. Riscas de um pó branco ficavam ao longo do muro. Atrás de nós não se podia nem enxergar mais a estação de trem, apenas vegetação e névoa. E, por um segundo, eu podia jurar que vi uma garota escondida atrás de uma árvore, observando.

— Ei, você viu... — Apontei, mas não havia nada lá.

— Jack, o Estripador, *nunca foi encontrado*! — disse Baz. Ele caiu em cima de mim como Bela Lugosi e tive que chutá-lo para que parasse.

Vinte e quatro quilômetros cruzando uma ponte e subindo uma montanha dentro de uma carroça puxada por um cavalo fizeram minha bunda parecer feita de carne seca e dor. Finalmente, a floresta ficou menos fechada. Já se viam telhados vermelhos ressecados pelo sol e finas faixas de fumaça saindo de chaminés tortas. Uma circunferência de pedras, como as que vimos no caminho, separava a vila da floresta. O mesmo pó branco também estava ali. O motorista parou antes das pedras, mantendo seu cavalo bem afastado. Nós pagamos a taxa. John não ficou feliz em se despedir de mais uma parte do dinheiro de seus avós.

— Quer saber, isso nem foi ideia minha — resmungou ele.

— Para de reclamar — disse Baz. — No que mais você vai gastar?

— Pornografia — sugeriu Isabel, zombando. — Ouvi dizer que depois de cem assinaturas em sites, você ganha uma.

Baz cambaleou para trás com as mãos no coração.

— Ai! Grande fora da Bel, Johnster!

— Cala a boca — disse John, acertando o braço de Baz com mais força do que necessário.

À nossa direita ficava um mastro alto com um sino, e uma corda. O motorista bateu no sino, e, alguns minutos depois, uma velha mulher, usando uma saia comprida desbotada e camisa marrom de mangas compridas, e com o cabelo escondido embaixo de um lenço, veio depressa. Ela e o motorista trocaram palavras, algumas bem acaloradas. Ela nos encarou intensamente por um tempo: quatro adolescentes sujos que cheiravam a suor e a um trem abafado. Quando chegou a Isabel, pareceu se arrepiar.

A garota cruzou os braços sobre sua camiseta rasgada dos Ramones.

— Ótimo — murmurou Isabel. — Racistas. Meus favoritos.

A mulher colocou a mão no bolso de seu avental e jogou um punhado do pó branco em nossas cabeças.

Isabel se encolheu e cerrou os punhos.

— Mas que droga?

— Sal — disse John, puxando-a para trás. Havia entrado um pouco em sua boca. — É sal.

A mulher jogou mais um punhado de sal atrás de nós.

— Proteção — explicou ela. Era uma das duas palavras em inglês que ela conhecia, descobrimos mais tarde. A outra era "diabo".

Ela partiu um pedaço de pão e o estendeu para nós como se estivesse esperando atrair um animal. Achei que era para aceitarmos, mas, quando tentei fazer isso, ela deu um passo para trás, ainda segurando o pão com uma expressão cautelosa. O vento subitamente ficou mais forte, empurrando-nos de leve. Assobiava pelas árvores como se estivesse rezando pelos mortos. A mulher pareceu preocupada. Pisei por cima das pedras, e os outros fizeram o mesmo. O vento diminuiu, e a floresta ficou quieta. A velha guardou o pão em seu avental e limpou as mãos na saia com uma cara de que gostaria de poder se livrar de nós com a mesma facilidade. Depois, virou-se e se afastou.

— Que estranho — observou Isabel.

— É. E que história foi essa com o pão? — perguntou Baz.

— Pão é para os vivos — respondeu uma voz.

Viramo-nos e vimos uma garota praticamente da nossa idade, talvez um pouco mais velha, varrendo a rua. Tinha olhos escuros e cabelos longos cor de trigo, e usava jeans e uma camiseta do Flaming Lips. Uma mulher da idade da minha mãe também estava varrendo. Ela usava a mesma roupa sem graça de camponesa que a mulher que atirara sal na gente. Não levantou os olhos.

— E daí? Os mortos não gostam de carboidratos? — perguntei, sorrindo.

Felizmente, a garota retribuiu meu sorriso.

— Os mortos não comem. Se comessem, seríamos ainda mais pobres.

— Ela é uma gata — cochichou Baz. — Posso imaginá-la posando para um calendário de Gatas de Necuratul, talvez com um biquíni de Vlad, o Empalador... inexistente!

Isabel acotovelou Baz no estômago com força.

— Pegou pesado, Iz. — Ele tossiu.

— Evolua, Baz — cuspiu ela de volta.

— Você fala inglês — comentou John com a garota, observando o óbvio.

— Sim. Faço faculdade. Vim para casa durante o verão. Para o festival. Hoje à noite a taberna vai estar lotada de bêbados.

John sorriu.

— Está bom pra mim.

— Qual é o idioma falado aqui afinal? — perguntou Baz, tentando dar uma de descolado. — Parece um pouco romeno? Húngaro?

— Necuratuli. É tradicional desta vila. Não se deem o trabalho de tentar achar tradução. É obscuro demais. Meu nome é Mariana, a propósito. — Ela estendeu a mão, e eu a cumprimentei, o que fez com que a mulher mais velha balançasse a cabeça e murmurasse sozinha. Ela cuspiu três vezes. Mariana revirou os olhos. — Minha mãe. Ela não acredita em nada novo e pecaminoso, como mulheres cumprimentando os homens.

Mariana respondeu sua mãe em necuratuli, e a velha nos olhou com desconfiança mais uma vez antes de ir embora.

— Não liguem para ela. Ela fica nervosa com gente de fora e novidades. Então, vieram para o festival?

— Sim. Lemos sobre ele aqui. — Mostrei a ela o nosso guia. — Você sabe, toda essa história da cabeça de bode, sacrifício de cordeiros e possível pacto com o grande D.

Mariana riu.

— É assim que atraímos nossos turistas. Florença tem Davi; nós temos Satã. Desculpe desapontá-los, tudo basicamente se resume a ovelhas e superstições. Mas o vinho é fantástico; e o festival, muito divertido. Aqui. Deixem sua bagagem. Vão ficar seguras. Essa é uma das coisas boas nessa cidade: tudo é seguro. Você nunca precisa se preocupar. Pode se imaginar fazendo isso em Londres, Nova York ou Moscou?

— Minha bicicleta foi roubada uma vez, e estava com cadeado — disse Baz. Ele fingiu uma cara de timidez, e Izzie revirou os olhos. — Morri de saudades do sininho.

Mariana levou na brincadeira e riu da piada boba.

— Sinto muito por isso. Talvez um pequeno tour por Necuratul consiga animá-lo. Venham. Vou mostrar o lugar a vocês.

— Por que as pedras e o sal? — perguntei, largando minha mochila.

— Um velho costume folclórico. Supostamente mantém os espíritos malignos bem longe. Nenhum morto-vivo pode atravessar a barreira. E mortos-vivos não conseguem comer. Por isso ela ofereceu pão a vocês enquanto ainda estavam do outro lado... para provar que estavam entre os vivos. Se tentassem pegar o pão enquanto atravessavam a barreira, teriam sido queimados até as cinzas.

Baz assobiou.

— Nossa!

— Vocês têm muitos mortos-vivos chegando por aqui, tirando fotos, pedindo camisetas com as palavras: "Fui à festa da cabeça de Bode"? — perguntei.

Mariana assentiu, séria, e suspirou:

— Por que acha que os chamam de espíritos inquietos? Eles destroem os quartos da pousada e não dão gorjeta. De qualquer maneira, não devem entrar na floresta. E, principalmente, não devem levar pão para a floresta. É como alimentar os mortos-vivos, dar poder a eles.

— Superstições, cara. Cultura do medo. Doideira total, né? — John deu um sorrisinho.

— Todo lugar tem suas tradições — falou Mariana, com certa frieza.

Baz se inclinou para perto de seu primo.

— Bela maneira de conquistar os nativos, amigo. — Para Mariana, ele acrescentou: — Adoro ouvir sobre esses costumes! — Ele se inclinou para a menina enquanto ela nos levava pelo centro de Necuratul.

O guia não havia mentido: a cidade era encantadora como as de um livro de histórias — de uma maneira um pouco "temeremos por nossa vida". Cada uma das casas era cercada de sal. Tranças de alho ficavam penduradas nas janelas e pregadas nas portas. Atrás da aldeia havia uma área livre de pasto habitada por ovelhas. Era muito tranquila. Bonita como um cartão-postal. Então, notei os espantalhos com os grandes símbolos de olhos do mal pintados nas testas. Ninguém ia querer uma coisa dessas em seu álbum de família. Mas a grande obra de arte do lugar inteiro era a enorme igreja gótica que ficava no alto de uma colina bem na fronteira da cidade, praticamente encostada na primeira fileira de árvores. Contei 13 torres retorcidas. A entrada era protegida por grandes portas de madeira com rostos esculpidos na superfície. De perto, os rostos eram apavorantes. Bocas gritando. Olhos arregalados de terror. Pessoas implorando — pelo quê, não sei nem queria saber.

— Uau! Encantador — comentei.

— Eu sei. Ter medo não é um bom estilo de vida. — Mariana empurrou as portas para abri-las, e todos entraram.

— Putz. — Baz arfou.

Do lado de fora, não havia como adivinhar quão assustadoramente lindo era o interior da igreja. As paredes — cada pedacinho delas — brilhavam com murais coloridos folheados a ouro. Tinham sido muito bem-conservados.

— Isso tudo foi construído na Idade Média — disse Mariana. — Conta a história da cidade.

À esquerda, os painéis pareciam tirados de um filme de terror. Imagens assustadoras de plantações destruídas. Um povo doente e quase esquelético, coberto de feridas. Crianças chorando, cães atacando uns aos outros por pedaços de carne. Corpos mortos estirados em carrinhos de mão e pegando fogo, mulheres chorando perto deles. À direita, o mural mostrava uma história mais feliz do que a da esquerda. Fazendeiros trabalhando no campo. Mulheres assando pães. As plantações prosperando. Os animais pastando pacificamente. Parecia bastante com a aldeia que havíamos acabado de conhecer, exceto por uma única coisa estranha que exigia que você apertasse os olhos para enxergar. Em todas as imagens da direita estavam vultos de crianças e adolescentes na floresta, espiando.

— Até o teto é pintado — comentou John, torcendo o pescoço para olhar.

No alto havia apenas uma imagem. Ela mostrava um lago cercado por uma floresta. Os aldeões se agrupavam ao lado. As crianças estavam dentro do lago até a cintura. Suas mãos estavam amarradas com cordas. Um padre num manto vermelho com capuz segurava uma cabeça de bode que parecia ter tranças descendo dos chifres. Era assustador, mas também um pouco engraçado. Como a cabeça em forma de bode de uma camponesa satanista. Na verdade, eu já tinha visto meninas em boates com visuais bem parecidos com aquele. Uma névoa espessa pairava sobre as árvores, e as crianças estavam com seus rostos virados para o alto, olhando-as, enquanto os adultos observavam a cabeça de bode. A água em volta das crianças borbulhava e rodopiava.

— Que imagem feliz — zombei.

Mariana estremeceu.

— Muito bizarra, não é? — Ela riu. — Vocês não foram obrigados a crescer encarando essa coisa. Acreditem em mim, ela nos manteve na linha.

Fiquei aliviado com a piada. A igreja realmente me assustava.

— Então, por que essas tranças de camponesa no bode? — perguntei.

Mariana andou até o altar, onde um imenso livro estava aberto. Ela folheou algumas páginas até chegar a um desenho que mostrava a cabeça do bode de perto e com detalhes: os olhos acesos, as tranças agrupadas embaixo do queixo. Mas, nesse desenho, estava claro que as tranças eram feitas de diferentes tipos e cores de cabelo.

Isabel recuou.

— Mas. O. Que. É. Isso?

— A alma de Necuratul — explicou Mariana. — Segundo a história, durante a época das trevas, a cada sete anos, cada família sacrificava uma criança para o diabo em troca de segurança. Para mostrar sua lealdade e provar que manteria sua promessa, era preciso cortar o cabelo de seu filho e trançá-lo junto ao bode. Fazendo isso, você prometia a alma da criança.

— Isso é muito errado, cara — disse Baz, enquanto encarava fixamente a imagem.

— Mas acreditavam que era necessário. E crenças têm poder. Por isso, superstições são tão difíceis de abandonar — acrescentou Mariana. Ela passou um dedo nas bordas antigas da página. — Dizem que até os missionários ingleses chegarem aqui no final no século XIX, os sacrifícios ainda aconteciam.

— Nossa — disse John.

— Desculpe assustá-lo — disse Mariana, com uma risada doce. Ela fechou o livro com um estampido alto que soltou espirais de poeira pelo ar. — É claro que os missionários deram um fim nisso rapidamente, destruíram a cabeça de bode, todos os símbolos e os roupões vermelhos — na verdade, até hoje, a cor vermelha é proibida nessa cidade. Supostamente é a cor do diabo. Os missionários começaram a se certificar de que as crianças estavam sendo educadas e até mandaram alguns dos garotos para estudar na Inglaterra.

— Garotos. Já devia saber. — Isabel bufou.

— Para onde aquilo leva? — perguntei, apontando para uma parede ornamentada na frente da igreja. Ela era pintada de santos e anjos em dourado. No meio havia mais um par de portas esculpidas.

— Chamam de iconóstase — respondeu Mariana. — Ele esconde o altar dos plebeus. O padre pode optar por abrir a porta durante a missa e deixar o povo olhar o altar ou não.

— Podemos olhar? — perguntou John.

— Claro. — Mariana tentou abrir a porta, franzindo o cenho. — Estranho. Está trancada. — Ela ergueu as mãos. — Sinto muito.

— Tudo bem — disse Baz, ficando ligeiramente mais perto dela. — Então, vão mesmo construir uma usina aqui?

— Ano que vem. É o que dizem. Por isso fizemos questão de vir para o festival este ano. No próximo, isso tudo pode ser passado. — Mariana olhou em volta, triste por um momento e, em seguida, pareceu espantar a melancolia. — Tudo bem. Agora que já viram nosso pior lado, precisam ver o melhor. O cozido de carneiro da taberna é incrível. O vinho é melhor ainda. E não precisam ser maiores de idade.

— Agora sim — disse John.

Quando chegamos à taberna, havia sinais de vida. Pessoas que não entravam em filas preferenciais de idosos não paravam de chegar. Mariana cumprimentava a todos como se fossem primos — e explicava que eles haviam voltado de seus empregos na cidade ou de suas faculdades para participar do festival. Eram jovens também. Estavam chutando uma bola de futebol improvisada e rindo, o que me deixou com um pouco de saudades de casa. Um cara moreno usando jaqueta de couro beijou Mariana em ambas as bochechas e se apresentou para nós. Seu nome era Vasul, e ele ganhara uma bolsa na London School of Economics. Tinha 20 anos, como Mariana, e parecia um príncipe russo. Trataram-nos como se fôssemos velhos amigos. O vinho corria livremente. Ficamos acordados até as primeiras horas da manhã discutindo sobre a vida, política, tradições, modernização. Eram essas as conversas que eu imaginava que teríamos na faculdade, uma prévia do que estava por vir, e senti como se finalmente tivesse chegado lá. Como se não fosse mais um garoto.

— Olhe o tio Radu. Ele está pegando seu acordeão. — Vasul deu uma risadinha.

Mariana enterrou seu rosto no ombro dele, abafando o riso.

— O que foi? — perguntou John.

— Apenas aguarde — disseram ao mesmo tempo, bufando.

Tio Radu, que devia ter no mínimo uns 102 anos, começou a tocar. Estou usando a palavra *tocar* levianamente. Era mais como se ele estivesse esfolando o acordeão, porque soava como um instrumento em cólicas. Mariana e Vasul se descontrolaram, cobrindo a boca com as mãos, os olhos lacrimejando. A mãe de Mariana lançou a ela um olhar de desaprovação. Mas o tio Radu continuou tocando. Outro homem pegou seu violino, e uma das mulheres começou a cantar. O dono da taberna circulou pelas mesas batendo palmas, mas os jovens só o imitaram timidamente, e, quando a canção acabou e a próxima começou, eles perderam o interesse e voltaram a beber, jogar e a discutir sobre bandas alternativas e filmes independentes.

— Vou ouvir um sermão por causa disso mais tarde — reclamou Mariana.

— Quando minha avó viu minhas roupas, cacarejou e saiu de perto — disse uma das garotas na ponta da mesa.

O garoto ao lado dela apagou o cigarro.

— Tem horas em que meus pais ficam me encarando como se não soubessem o que pensar de mim. Como se estivessem meio desgostosos e assustados.

Mariana interrompeu:

— Toda geração tem medo da seguinte. Nossa música, nossas roupas, nossas aspirações. Nossa juventude. É como se eles soubessem que vamos fazer o que eles não puderam fazer.

— Às vezes, meus tios conversam em línguas crioulas quando não querem que saibamos do que estão falando. É como se estivessem confundindo a gente de propósito — disse Isabel. — Me deixa loucamente furiosa.

Vasul riu.

— Loucamente furiosa — imitou ele, e Isabel abriu seu mais lindo sorriso. John entrelaçou seus dedos nos dela e os beijou como se para deixar claro sua propriedade.

— Estou em casa há apenas algumas horas, e meus pais já estão me perguntando quando vou sossegar e dar netos a eles — reclamou uma garota chamada Dovka. — Tenho 21 anos! Trabalho como DJ em Bucareste! — Ela se virou para John. — Você não odeia quando eles fazem isso?

— Meus pais não dão a mínima desde que minhas notas sejam boas e eu não vá para a cadeia. Simplesmente me dão dinheiro para eu ficar longe e parar de atrapalhar seus jogos de golfe e sessões de Pilates — disse John, com uma risada amarga, e eu me senti um pouco mal por ele. Era como se seus pais tivessem acordado um dia totalmente surpreendidos ao descobrirem que tinham filhos, então simplesmente contrataram um monte de gente para cuidar deles.

— E quanto a você, Poe? — perguntou Mariana.

Dei de ombros.

— Meus pais são legais. Irritantes, mas de bom coração. Não acho que tenham medo de mim. Do estado do meu quarto, talvez — brinquei. — Minha mãe é de Wisconsin. Ela tem um sotaque engraçado e torce pelos Green Bay Packers. Meu pai é professor, joga Tetris demais enquanto deveria estar corrigindo provas, e coleciona vinis antigos do Stax. Minha avó ainda tem hábitos de sua época.

Quando eu era pequeno, minha avó costumava me contar sobre estar nos campos de concentração durante a Segunda Guerra Mundial. Depois, quando ficava muito difícil para ela continuar, ela acabava a conversa com: "O medo leva à tolice." Em seguida, me ensinava caligrafia japonesa, guiando meu pincel graciosamente sobre o papel. Mais tarde íamos ao McDonald's. Ela amava as batatas fritas de lá.

Dovka levantou a cabeça de volta com o auxílio das mãos. Seus olhos estavam embaçados.

— Mas tradições são legais. Elas te unem aos outros, te fazem lembrar de onde você veio.

— Ou o prendem ao passado. — Não sei por que falei isso. Acho que só queria ser do contra.

— Exatamente — disse Baz de forma arrastada. Seus olhos estavam quase fechados. — Tipo ano passado, quando eu estava saindo com a Chloe? Meus pais ficaram todos alvoroçados. Eles são, tipo, superliberais e tudo, mas surtaram por ela não ser judia. Como se de repente o menorah tivesse chegado, e meu pai começou a perguntar se eu queria frequentar o templo na sexta à noite. — Ele sorriu. — Falei a ele que sexta era uma ocasião religiosa diferente: *Doctor Who*. Ei, não é culpa minha eles ainda não terem TiVo.

Mariana levantou o polegar.

— TiVo!

— TiVo — assentiu Vasul.

Todos brindaram, gritando "TiVo!", até os mais velhos nos mandarem calar a boca.

— Ainda assim — disse Vasul, quando já tínhamos abaixado a voz —, existem horas em que acho que talvez não fosse tão ruim voltar para cá. É pacífico. É seguro. Nada de DSTs, alimentos processados, poluição. — Ele fez uma pausa. — Nada de bombas.

Mariana colocou a mão no braço dele:

— Vasul sobreviveu a um ataque terrorista em Londres. Estava na Russell Square. Viu o que aconteceu — explicou Mariana.

— Podia ter sido eu naquele ônibus — comentou Vasul suavemente. — Às vezes, parece que o mundo está virando um inferno. Como se nenhum lugar fosse seguro. Exceto Necuratul.

Todos ergueram suas taças num brinde respeitoso e silencioso:

— Necuratul.

Mariana falou alguma coisa com Vasul em sua língua natal.

— Bem — disse ela, com um suspiro —, é uma conversa sem fim. Esse povo, nossos pais, avós e bisavós, eles estão envelhecendo agora. Quando morrerem, a vila morrerá com eles. Toda essa cultura será perdida. Especialmente se forem realojados por causa da usina. Já vi isso acontecer antes. Diáspora.

— Isso é tão triste — disse Isabel, baixinho, e eu sabia que ela estava pensando na própria família, que foi forçada a deixar o Haiti e a se realojar nos subúrbios americanos, onde nunca ganhavam mais do que sorrisos educados de seus vizinhos brancos.

— Acontece — grunhiu Dovka. — Superem. E vamos em frente com o novo.

Mariana revirou os olhos.

— Está certo. Isso está ficando meio mórbido. Não quero que fique mórbido. Quero mais vinho. — Ela serviu outra rodada a todos nós e ergueu seu copo pela terceira vez. — Um brinde ao futuro.

— Um brinde ao futuro — repetimos, prestes a ficar completamente bêbados.

No canto, os aldeões mais velhos nos olhavam cautelosamente, como se fôssemos algo a ser vigiado, algo que pudesse explodir e levá-los. Continuaram com suas músicas, cantando e tocando em ritmos controlados. Mas nossa mesa começou a cantar "Should I Stay or Should I Go", do Clash, rindo com a letra. Éramos mais jovens e mais barulhentos, e rapidamente nossas vozes abafaram a assustadora canção clássica por completo.

No dia seguinte, choveu torrencialmente. Jamais vira o céu desabar daquela maneira. Era bom que Necuratul ficasse numa montanha, porque eu tinha certeza de que, se não fosse assim, estaríamos alagados. Mariana, Vasul, Dovka e os outros da nossa idade haviam partido antes do amanhecer para comprar suprimentos para o festival. Era uma missão deles e todos cumpriram, de ressaca ou não. Agora, com essa chuva, parecia que teriam problemas na hora de voltar.

— Ponte — explicou o dono da taberna num inglês precário.

Ele fez um som de assovio e gesticulou com as mãos: *acabou*. Sem os outros em volta, os aldeões não eram muito amigáveis conosco Na verdade, tive a sensação de que queriam que sumíssemos assim como a ponte. A mãe de Mariana cuidava da padaria. Entrei para comprar um pouco de pão, o que consistiu basicamente em apontar e sorrir, e então mostrar algum dinheiro para ela mesma fazer a conta. Enquanto ela separava minhas moedas, olhei em volta do aconchegante estabelecimento. Dois homens corpulentos estavam sentados numa pesada mesa de madeira na janela da frente, bebendo canecas fumegantes com alguma coisa escura dentro. Eles me encaravam sem disfarçar. Um deles disse alguma coisa, e os outros dois gargalharam.

— Igualzinho o refeitório na sétima série — murmurei sozinho, sentindo meu rosto esquentar.

Mantive os olhos voltados para a frente, analisando as prateleiras de pão fresco, as paredes de gesso decoradas com olhos do mal e alho, a entrada arqueada mostrando um vislumbre dos fornos. Alguma coisa me chamou a atenção. Imaginei ter visto um pedaço de algo vermelho dentro de um armário parcialmente fechado. Apertei os olhos, e, subitamente, a mãe de Mariana estava fechando a porta cuidadosamente. Ela sorriu nervosa para mim e voltou a olhar para o troco. Com um agradecimento balbuciado, saí do lugar com meu pão, imaginando se realmente tinha visto a cor proibida ou não.

Enquanto me apressava de volta à pousada debaixo do toró, vi a garota na floresta mais uma vez. Agora ela estava parada em pé, com as palmas das mãos para a frente. Ela era pálida, com sombras escuras debaixo dos olhos, a saia comprida coberta de lodo, como se ela tivesse deslizado por uma colina ou algo do tipo.

— Olá? — chamei. — Você está bem?

Ela não respondeu, então me aproximei. Estava bem no limite do círculo de pedras.

— Precisa de ajuda? — perguntei lentamente, como um idiota, achando que aquilo resolveria a questão de idiomas diferentes.

Ela apontou para meu pão.

— Você quer... um pouco? Está com fome?

Ela abriu a boca como se fosse gritar, e as árvores se balançaram com mil sussurros que fizeram os pelos de minha nuca se arrepiarem. Senti a mão de alguém agarrando meu braço. Era a velha senhora que tinha nos deixado atravessar o portão. Sua expressão era de raiva, e ela disparou a falar, vogais guturais e consoantes estranhas que me deixaram tonto.

— Não entendo! — gritei por cima do barulho da chuva.

— Diabo — disse ela, usando sua única outra palavra inglesa. Olhou de volta para a floresta. Não havia ninguém lá. Mas eu sabia que ela vira a garota.

O sino da igreja tocou alto. Em poucos segundos, muitos dos aldeões, incluindo o dono da taberna, a mãe de Mariana e os dois homens que estavam sentados na padaria, subiram a colina até a igreja. Eles me lançavam olhares desconfiados no caminho. Nenhuma criança os acompanhava.

— Para onde ela foi? — perguntei à velha senhora. — A garota. Você a viu?

— Diabo — repetiu ela, e saiu apressada para a igreja com os outros. Abriu a porta, e, do canto dos olhos, vi aquele pedaço vermelho de novo. *Roupão vermelho*, disse meu cérebro. Mas foi muito rápido e eu não podia ter certeza. Não podia ter certeza de nada a não ser que eu queria que Mariana, Vasul e o resto voltassem logo. Os mais velhos me davam arrepios.

Quando voltei ao nosso quarto, estava ensopado até a alma, o pão estava inaproveitável e os outros estavam esparramados nas camas e cadeiras olhando para o vazio. Nenhum de nossos celulares tinha sinal ali, e não é como se houvesse um cyber café a menos de 160 quilômetros de distância. Depois de um dia inteiro presos no quarto sem nem um vídeo do YouTube para nos distrair, estávamos chegando perto de um tédio mortal.

— Estou com abstinência de internet — disse John. Ele estava estirado na cama equilibrando em cima do nariz o pingente de olho que comprara na estação de trem. — Tipo, falando muito sério, se não conseguir dar login e mandar mensagem para alguém, qualquer um, vou ficar louco.

Isabel pegou seu celular e fingiu mandar uma mensagem para ele:

— J, cara, KD vc? — falou ela numa linguagem de torpedo.

— No inferno — respondeu John, movimentando os dedos digitando o vazio. — E vc?

— Inferno com certeza. Batata frita BK. Sem alho.

John riu, mas hesitou:

— Quis dizer, RSRSRSRS.

Contei a eles sobre meu estranho encontro com a menina da floresta e que já era a segunda vez que eu a via.

Contei a eles sobre a mulher que tomava conta do portão e que se referiu à floresta como "diabo".

— Acho que deveríamos fazer uma excursão assombrada pela floresta — sugeriu John.

Os outros toparam imediatamente.

— Gente, e se tiver, tipo, armadilhas para ursos e cobras venenosas ou alces perversos comedores de carne humana na floresta? Ou pior? Podíamos dar de cara com um festival de fãs dos Jonas Brothers. — Estremeci para dar mais efeito.

— Ou com Belzebu — disse Baz. — O senhor do mal tomando chope no barril.

— Acho que deveríamos ficar aqui — respondi.

Com um suspiro, Isabel pegou seu telefone de novo e fingiu mandar um torpedo para John.

— Putz, J. Q tédio. Ah, e Poe eh 1 saco. — Ela olhou para mim.

John moveu seus dedos deliberadamente.

— Pode crer.

Eu não aguentava mais. Estava cheio e enlouquecido por aquele quarto do século XIV tanto quanto o resto deles.

— Tudo bem, excursão assombrada. Amanhã vamos à floresta.

Os outros três jogaram os braços em volta de mim, e caímos todos em uma das camas, cantando: "Ex-cur-são! Ex-cur-são! Ex-cur-são!"

Ouvimos um barulho alto, e fiquei com medo de termos quebrado a cama feia.

— Cara — comentou John, segurando os cacos de seu pingente de olho, agora quebrado —, sou um homem marcado. — E ele riu.

Na manhã seguinte, quando a chuva já havia diminuído até um leve chuvisco, pegamos nossas lanternas e um pouco de pão fresco para o caso de termos fome.
— Vamos mesmo levar isso? — perguntou Isabel. — Achei que fosse proibido.
— Não se faz uma excursão sem comida. Não lê jornal?
Isabel parecia desconfortável:
— Mesmo assim...
— Você acreditou mesmo naquela bobagem? — John beijou sua bochecha. — Superstição.
— Certo. Superstição. — Isabel se alegrou e seguimos para a floresta. Num dos estreitos corredores entre as casas, um grupo de crianças estava fazendo algum tipo de brincadeira. Cinco ficavam no meio, e as outras as cercavam. As crianças do círculo de fora davam as mãos e rodavam em volta, cantando. Quando nos viram, pararam e encararam.
— Oi. — Isabel acenou enquanto passávamos.
Elas nos seguiram. Quando olhávamos, se escondiam atrás de qualquer coisa que estivesse disponível. Podíamos escutá-las dando risadinhas, como se nos seguir fosse a coisa mais divertida que faziam em muito tempo. Provavelmente era, mas estava micando nossa fuga até a floresta.
— Só vamos dar uma volta — expliquei, nervoso. — OK. Tchau, tchau. Divirtam-se.
— Elas ainda estão nos seguindo — cochichou Baz.

— Parem e façam alguma coisa chata.

Nós paramos e ficamos olhando a igreja. Isabel tirou algumas fotos. Falamos sobre a arquitetura, inventando tudo. Alguns minutos depois as crianças perderam o interesse e correram para outra ruela para brincar de outra coisa.

— Foram embora — disse John. — Vamos nessa.

Apressamos-nos até a igreja, andando disfarçadamente pela lateral. Não dava pra ver através dos vidros pintados, mas ouviam-se sons — não pareciam canções, nem rezas. Era mais como um cântico. Ou talvez *estivessem* rezando. Era difícil distinguir. Isabel acenou para eu me apressar, e corri até o muro.

John passou pelo muro e pelo círculo de sal. Ele estava agora no lado da floresta.

— Um pequeno passo para o homem, um grande salto para a evolução.

— Lá vou eu — anunciou Baz.

Ele e Isabel seguiram John.

Quando me preparei para ir, ouvi aqueles sussurros no vento mais uma vez.

— Ouviram isso? — perguntei.

— Ouvimos o quê? — perguntou Baz.

Eu quase conseguia identificar as palavras. Uma parecia "vingar", mas não tive certeza.

— Nada — respondi. — Vamos nessa.

De brincadeira, Baz largou migalhas de pão atrás de nós, no estilo João e Maria.

— Para encontrarmos o caminho de volta... *se* voltarmos. Hahahaha!

Isabel revirou os olhos.

— Cala a boca.

A floresta em si era deslumbrante: densa e verde, repleta de cogumelos fantásticos sarapintados de preto crescendo livremente por toda a parte. A única coisa estranha era que não havia nenhum animal. Nenhum veado. Nenhum pássaro. Nada com pulsação a não ser a gente.

John e Isabel continuaram uma discussão que começara havia algumas semanas. Acho que eles nem ligavam mais para o que estavam dizendo, mas nenhum dos dois queria ceder.

— Só acho que todos na América deveriam falar inglês. Quero dizer, se eu me mudasse para a França, aprenderia a falar francês, certo?

— Não, não aprenderia — disse Isabel, rindo. Era sua risada você-é-inferior-a-mim. — Você contrataria alguém para falar francês por você, John.

— Você acha que eu terceirizaria minha língua? — provocou ele.

— Num piscar de olhos.

— Sabe, Isabel, não é culpa minha não ser pobre — provocou John, mas havia alguma coisa um pouco cruel naquilo. — É como se você quisesse que eu me desculpasse por ter dinheiro até ser conveniente. Sem ofensas, mas vocês sabem que nenhum de vocês estaria aqui agora se não fosse por mim.

Isabel apontou um dedo.

— Aí está: essa atitude de intitulado. Num minuto você está todo "Oh, não me culpem; não sou elitista", e no outro: "Não se esqueçam de que eu tenho mais dinheiro e, portanto, mais prioridade que vocês!" — Ela ofegava.

— Meu Deus! Você simplesmente... distorce tudo que eu digo.

— Não! Só estou dizendo o que você realmente acha! Às vezes acho que você só está namorando comigo para dizer que já namorou uma garota negra.

John parecia magoado.

— Retire o que disse.

— Por quê? É verdade, não é?

— Gente, podem dar um tempo? — perguntei.

A neblina estava aumentando. Deixava a paisagem toda cinza e indistinguível, e eu precisava me situar.

Isabel tentou não parecer magoada, mas eu a conhecia bem demais.

— Pare de dar condição, Poe. Eles nunca vão deixar a gente entrar em seu clubinho por vontade própria. Você só gosta de pensar que vão.

— Ei. — Baz ergueu o braço. — E eu? Como se meu povo também não tivesse sido escravizado e perseguido? Como se não tivéssemos sido assassinados em lugares iguaizinhos a esse aqui?

— Preconceito não é a mesma coisa que racismo — argumentou Isabel.

— É? Seis milhões de mortos podem discordar de você nessa questão, Iz.

— Não sou o vilão aqui, Iz — disse John suavemente.

Aquelas estranhas vozes sussurrantes começaram a rodear as árvores de novo, fazendo meus ouvidos doerem.

— Gente...

Um barulho estourou à minha direita. Um galho quebrando. Um rosto saiu de trás de uma árvore. Era a garota que eu tinha visto no caminho. Ela não parecia muito velha, talvez tivesse 7 ou 8 anos de idade. Seu cabelo estava molhado, mas sua saia e blusa estavam emplastradas de sujeira e lama, como se tivesse nadado num lago imundo. Ela falou conosco numa língua estrangeira.

— Desculpe — pedi. — Não falamos...

Ela abriu a mão para nos mostrar as migalhas de pão que segurava.

— Puta... — Rapidamente olhei atrás de nós. Nenhuma migalha. Ela, obviamente, estava nos seguindo desde o começo. Subitamente me senti desorientado e inseguro quanto ao caminho de volta. Nesse momento, ela segurou a saia e começou a correr para dentro da floresta. Sem pensar, corri atrás dela. — Não a deixem fugir — gritei.

Ela passava sob galhos baixos, que batiam em meu rosto e pulava com facilidade todos os obstáculos. Sabia o caminho e levava vantagem, mas, ainda assim, conseguimos mantê-la à vista. No fundo eu sabia que estávamos entrando cada vez mais na floresta. Chegamos a uma parte onde a neblina era mais espessa e as árvores estavam mortas e cinzentas, como se tivessem sobrevivido a um incêndio e nunca mais tivessem crescido. O chão não era mais forrado de folhas e vegetação. Era de pedras e marcado, cheio de crostas.

— Não a percam de vista! — gritei para os outros.

— Essa neblina está muito forte! — berrou Baz. — Não encontraria nem minha própria bunda.

— Você não encontra sua própria bunda na maioria dos dias — disparou Isabel de volta. Ela estava no mesmo ritmo que eu.

A neblina diminuiu levemente. A garota ficou em pé ao lado de um grande e profundo lago, cercado por mais árvores mortas. Era estranho, porque todo o resto da floresta era denso e colorido. Mas essa parte era estéril. Como se nada nunca houvesse crescido ali. Como se nada fosse crescer um dia. Era mais frio também — parecia mais outubro do que agosto. A cerca de 3 metros, os topos redondos de pedras polidas apareciam por baixo da água.

A garotinha olhou para o lago e então entrou numa caverna. Ela assoviou, e mais crianças saíram do local. Eu as contei — cinco, seis, dez. Eram todas pálidas e pareciam famintas, usando roupas de camponês molhadas de algas e sujeira, como se estivessem ali havia um bom tempo. Uma delas, um garoto de cerca de 16 anos, andou em nossa direção. Eu não sabia se devia correr ou ficar parado. Os aldeões não tinham nos avisado para não vir para a floresta? E se esses garotos fossem selvagens? E se fossem assassinos? Instintivamente, nos juntamos, com as mãos a postos caso precisássemos lutar para fugir.

— Ei — falei, forçando um ar de calma em minhas palavras que não correspondia nem de longe ao que sentia. — Só estamos dando uma volta, tá bom? Não queremos fazer nenhum mal. — Para os outros, cochichei: — Comecem a andar para trás.

— Não dá — gritou Isabel. — Olha.

O caminho para trás estava impedido por um grupo com mais umas dez crianças assustadoras.

— Só queremos voltar para a vila — falei.

John pegou sua carteira.

— Ei, vocês querem dinheiro? Tenho dinheiro.

— John, cala a boca, cara — ordenou Baz.

As crianças se aproximaram, nos cercando, destruindo qualquer esperança de fuga. Elas tinham um cheiro de terra e umidade, como se fizessem parte da floresta. Enquanto olhávamos, elas comiam as migalhas de pão. A garotinha que tinha nos levado até aqui me ofereceu uma garrafa com um líquido escuro.

— *A bea* — disse ela. Eu havia escutado aquilo na taverna. Significava beba. — Vin. — Sabia aquela também: vinho.

— Cara, não beba essa porcaria. Pode ser qualquer coisa — avisou Baz.

Balancei a cabeça, e três garotos mais velhos agarraram Baz e o arrastaram até o lago. Antes que qualquer um de nós pudesse fazer alguma coisa, enfiaram o rosto dele debaixo d'água. Seus braços compridos se debatiam e tentavam se segurar em qualquer coisa que encontrassem, mas eles eram maioria e uma multidão sempre ganha de um — mesmo que este tenha 1,90 metro e seja forte como um baterista de Death Metal, o que era o caso de Baz. Tentamos correr até ele, mas as crianças nos cercaram, impedindo que fôssemos à frente.

— OK! Vou *a bea* o *vin*! — gritei, pegando a garrafa.

Eles soltaram Baz.

— Puta merda! — conseguiu dizer entre acessos de tosse.

Sabia que era má ideia vir para a floresta. Minha avó costumava dizer que devíamos sempre ouvir os próprios instintos. Na manhã que vieram tirar a família dela de dentro de sua casa, na Califórnia, tinha acordado às quatro da manhã com uma vontade súbita de sair correndo. Em vez disso, ela tentara se acalmar arrumando suas bonecas em volta de uma xícara de chá, como se estivesse tudo bem. "É isso o que fazemos", disse ela a mim enquanto esperávamos o ônibus. "Tentamos abafar nossa voz interna que diz a verdade, porque o medo da verdade é maior do que qualquer outro medo."

A garota levou a garrafa até minha boca:

— *A bea.*

Minha mão tremia enquanto eu tomava um gole. Tinha gosto de queijo mofado. Tive ânsia de vômito e senti uma onda de pânico me invadindo.

— Poe! — Isabel agarrou meu braço. — Você está bem?

— Tem gosto de merda — falei, tossindo. Mas eu estava bem.

Nenhum veneno parecia estar subindo pela minha garganta. Apesar disso, meu coração continuava disparado. Um a um, fomos forçados a beber da garrafa. Ela passou três vezes, e, então, nos mandaram sentar juntos embaixo da carcaça cinza de uma árvore.

— E agora? — perguntou Baz. A água ainda escorria de seu rosto.

Os garotos ficaram à nossa volta, esperando. Pelo quê, eu não sabia, mas tinha medo de descobrir. Cerca de dez minutos mais tarde, comecei a sentir uma sensação estranha e arrepiante debaixo da pele, e a floresta parecia estar respirando. Quando o vento soprou por minhas orelhas, podia jurar que o escutei dizendo: "Vingança."

— Izzie? — sussurrei, mas ela não respondeu.

Numa rocha perto dali, vi uma criança largar um dos cogumelos pintados de preto no odre de vinho.

— O que vocês nos deram? — perguntei, de forma arrastada. — Que diabo tem aí dentro?

— Uma coisa para ajudá-los a enxergar — respondeu a garota, e eu entendia perfeitamente o que ela dizia.

— Enxergo muito bem. Visão perfeita.

Mas os cantos da minha visão já estavam se turvando, revelando qualquer coisa que existisse por baixo. Andei por câmaras de loucura. Cada uma parecia o fim de um sonho, mas "acordava" e me encontrava vivendo outro sonho.

Estou andando pelo corredor de um trem chacoalhante. À direita e à esquerda, os compartimentos estão cheios de mortos-vivos: rostos esqueléticos; olhos fundos e assombrados; corpos queimados, machucados e entrelaçados. Eles olham para cima como se estivessem esperando alguma coisa. A Sra. Smith me chama do final do corredor: "Essa jornada está apenas começando, Poe Yamamoto."

Estou parado na igreja com muitos outros. A cena me lembra aquela pintada no teto. Um padre num roupão vermelho com capuz lê um livro gigante. No meio da sala, sete crianças estão amontoadas. Não parecem assustadas. Enquanto o padre lê, uma das mulheres corta uma mecha de cabelo de cada criança e as entrelaça nas tranças que descem dos chifres do bode, amarrando-as com uma fita.

Agora, sou uma das crianças. Elas nos levaram até o lago. Está frio e tenho vontade de ir para casa comer carneiro. Em vez disso, nos forçam a entrar no lago. A água está congelante e escura. Não queremos entrar, mas elas nos obrigam. Estamos amarrados uns aos outros pelas mãos. Se um de nós se debate, todos nos debatemos e as cordas se apertam ainda mais em nossos pulsos. Crianças imploram. O padre levanta a cabeça do bode no alto e recita algumas palavras: *Que nossas plantações sejam abundantes e boas. Sele nossas fronteiras contra nossos inimigos. Aceite nosso sacrifício como prova de nossa fé em ti, Senhor das Trevas.* A neblina vem cobrindo o lago e meus pés; o fundo do lago começa a ceder. Estou sendo sugado para baixo, rapidamente.

Estou na taberna. Dentro do armário, ao lado da porta, há um gancho, e, pendurado nele, um roupão vermelho. Tesouras cortam cabelos. Eles caem numa tigela em camadas. Os velhos se juntam em volta, olhando. "Diabo", diz a velha senhora do portão para mim. "Diabo".

Começo a sair das minhas alucinações induzidas pela droga.

— Isabel? — chamo. Não vi nenhum dos outros, então, cambaleio até ficar de pé, chamando-os. — Baz! John! — Estava completamente sozinho.

A neblina dançava na superfície do lago. As pedras. Elas pareciam oscilar. Moviam-se. Subindo. Não eram pedras afinal. Eram as cabeças das crianças — centenas delas —, erguendo-se do lago onde estiveram afogadas por anos, séculos. Cobras passeavam entre seus olhos ocos. Havia musgo grudado em suas faces. Seus lábios estavam apodrecidos, expondo ossos manchados e pedaços de dentes em ruínas.

— Querem fazer a oferenda de novo — sussurraram elas. — Um sacrifício para salvar Necuratul. Já começou. Amanhã, ninguém terá escapado. Vingue-nos. — Suas palavras rodopiavam à minha volta como o farfalhar de folhas secas. — Vingue-nos.

A garota que eu tinha visto antes, que me levara até a floresta, deu um passo à frente. Sua pele parecia pixelada. Quando olhei de novo, pequenas mariposas cobriam cada parte dela. Elas voaram para longe, e vi que, por baixo, sua pele era branca como gelo e rastejante. Larvas.

Com um grito, acordei assustado. Meus amigos estavam desmaiados ao meu lado na beirada do lago. Nenhuma pedra estava visível; apenas a mais leve névoa pairava no ar. Sacudi a cabeça para o caso de ser mais um sonho. Estava mais escuro nesse momento, e eu tinha perdido toda a noção de tempo. Nosso pão não estava mais lá, mas uma nova trilha de migalhas havia sido deixada.

— Levantem — falei, cutucando meus amigos adormecidos. Eles se sentaram com esforço e tentaram sair de seu transe. Contei a eles sobre o sonho. — Acho que eles, os velhos da aldeia, estão planejando nos sacrificar.

— Onde estão aquelas crianças? — perguntou Baz, olhando em volta.

— Sumiram — respondi. — E deveríamos fazer a mesma coisa.

Seguimos as migalhas de volta à vila, parando no muro protetor de pedras. Já tínhamos saído havia um tempo. Começava a anoitecer. Podia ver alguns dos moradores nas ruelas, varrendo, cumprimentando os vizinhos, fechando as lojas, fazendo o de sempre.

— Não podemos deixar que eles percebam que sabemos — cochichei para os outros.

Voltamos para a pousada, fizemos as malas e, quando tudo estivesse quieto, pegaríamos nossas lanternas e voltaríamos até a estação de trem, nem que tivéssemos de andar a noite inteira.

— E quanto à ponte? — perguntou Baz.

— Não sabemos se estavam nos falando a verdade ou não. Vamos pensar nisso quando chegar a hora.

Isabel passou o braço pelo meu como se fosse o primeiro dia de aulas de novo.

— E quanto a Mariana, Vasul e os outros? Deveríamos avisá-los.

— Não vou ficar — disse John. Depois olhou para Isabel. — Vamos dar o fora daqui.

Minha intuição dizia para sair correndo, mas, não avisando a Mariana e Vasul, parecia que estávamos contribuindo para um assassinato.

— A gente avisa. Depois saímos correndo.

Entramos de volta pelos fundos da igreja e saímos dela casualmente, apenas turistas dando um passeio noturno. Tudo parecia diferente. Sinistro. As lanternas em seus ganchos. Os espantalhos nos campos. Os pingentes de olho sacudindo ao vento. As estrelas brilhando no começo da noite. Nada mais parecia certo.

A velha senhora que nos deixara entrar, a guardiã do portão da cidade, estava fazendo sua ronda noturna. Quando ela chegou até o muro, no entanto, largou sua caixa de sal e começou a grasnar e gritar. O anel de proteção havia desaparecido, e, em seu lugar, restava uma fina linha de terra carbonizada. Vasul veio correndo, com a mochila de viagem ainda nos ombros. Ele a confortou até que se acalmasse.

— O que aconteceu? — perguntei, mas não olhei nos olhos dele.

— Ela acha que é um sinal de que a proteção foi quebrada e os espíritos vingativos dos mortos podem entrar. — Ele balançou a cabeça. — Falei a ela que foi a chuva e que o solo estava corroído por todo aquele sal. Disse para não se preocupar.

— É, com certeza foi isso — acrescentou Baz, seu sarcasmo mal escondendo o medo.

— O que aconteceu? — perguntou Vasul.

— E se ela realmente devesse se preocupar? — Dessa vez eu o olhei nos olhos. — E se tiver alguma coisa lá fora?

Vasul ergueu uma sobrancelha.

— Não me digam que começaram a acreditar nas superstições da aldeia.

— Não — menti.

— Bom, porque o festival amanhã vai ser fantástico! Deveriam ver tudo o que eu e Mariana trouxemos. Nós, meu amigo americano, vamos comer e beber até vomitar.

Enfiei as mãos nos bolsos:

— Na verdade, hum, não vamos poder ficar para o festival. Temos que sair um dia antes se ainda quisermos conhecer Praga antes de voltarmos para casa.

Vasul cruzou os braços e deu um sorrisinho de lado, e eu me senti o maior covarde do mundo.

— Então... Estão me dizendo que fizeram uma viagem de trem de quinze horas de Munique, seguida por outros 24 quilômetros numa carroça da tortura subindo a montanha, só para virem para o festival e contar a todos os seus amigos em casa sobre ele, e agora nem vão ficar para vê-lo?

Na minha mente, eu ficava vendo aquelas crianças mortas subindo do lago. Podia ver o corpo da garota se transformando em larvas.

— Vasul — comecei, esperando conseguir terminar. — E se os sacrifícios para Satã... E se estiverem pensando em fazê-los de novo?

Ele assentiu com a cabeça zombando.

— Ceeeerto.

— É verdade! — exclamou Isabel. — Estão tramando alguma coisa.

Vasul riu, mas, quando ele viu como estávamos todos parecendo tão assustados, seu sorriso diminuiu e foi substituído por uma expressão de mágoa.

— Vocês sabem, vi o verdadeiro mal. Corpos estirados nas ruas. Aço retorcido. Bombas explodindo. — Ele sacudiu a cabeça como se estivesse afastando nossas palavras. — Mas esse povo? Eles são velhos, inofensivos e prestes a ficar obsoletos. Não estão fazendo nada além do que sempre fizeram: cuidar do pasto, fazer pão, ter famílias. Eles não podem nem impedir uma usina de se apoderar de sua vila. Esperava mais de vocês.

O que ele disse fez com que me sentisse um completo babaca. Mas e quanto ao que acontecera na floresta? O que tínhamos visto?

— Cara, precisamos contar... — Baz começou.

— Ei, aí estão vocês! — Mariana atravessou a praça sorrindo. Ela parecia diferente. — Estão assando o cordeiro. Está um cheiro maravilhoso lá. Mal posso esperar para...

— Você cortou o cabelo — falei.

— Sim. — Ela se virou, mostrando o corte novo. — Minha mãe cortou para mim. Na verdade, ela insistiu. Disse que estava comprido demais para meu rosto. Mães! — explicou ela, revirando os olhos. — O que acharam?

Na minha cabeça, eu podia ver apenas aquela horrível trança presa na cabeça do bode.

— Sua mãe... cortou seu cabelo — repeti, anestesiado.

— Sim. Quero dizer, não é um salão chique de Paris nem nada, mas, de qualquer modo, não poderia pagar uma coisa dessas, e ela é muito boa com a tesoura se você se sentar ereto e quieto.

Eles estavam com o cabelo de Mariana.

— Minha avó também aparou minhas pontas essa manhã. — Vasul passou a mão pela cabeça. — Queremos estar bem para o festival, sabem como é.

Eu não tinha visto os mais velhos correndo até a igreja? Não havia visto um roupão vermelho?

Uma das crianças mais velhas, um menino de bochechas rechonchudas, correu até Mariana e falou alguma coisa. Ela afagou a cabeça e cantarolou uma resposta. O garoto olhou rapidamente para nós e sorriu antes de voltar correndo para seus amigos.

— O que foi isso? — perguntei.

— Ele queria saber se vocês jogariam com eles. Falei que talvez mais tarde — explicou Mariana. — O que foi? Parece aborrecido.

— Tem uma coisa que precisamos contar — comecei a dizer. — Nos encontre em nosso quarto assim que puder.

A alguns metros de distância, os garotos recomeçaram o jogo. O círculo de fora apertava as crianças agrupadas no meio. E todos eles caíam, rindo muito.

Dez minutos depois, Mariana e Vasul se juntaram a nós em nosso quarto na taberna, e Baz rapidamente trancou a porta.

Mariana examinou nossas expressões.

— O que está acontecendo?

— Fomos à floresta — comecei.

Os olhos de Mariana se arregalaram:

— Vocês o quê? Poe, não deveria ter feito isso. Podiam ter se machucado. Existem antigas armadilhas enferrujadas e buracos fundos e provavelmente morcegos raivosos.

— Esqueceu os fantasmas — acrescentei.

Vasul levantou as mãos.

— De novo não.

— Só escutem, por favor — implorei. — E se realmente existir um motivo pelo qual não querem que entremos na floresta? E se não quiserem que Necuratul morra. E se estiverem planejando fazer alguma coisa a respeito, como oferecer outro sacrifício?

Mariana e Vasul trocaram olhares.

— O que quer dizer? — perguntou Vasul.

Contei tudo a eles. Das crianças perdidas. Das visões. Do aviso.

— Sei que parece loucura, mas antes de eu embarcar nessa viagem, uma vidente me disse que eu seria testado. Que esse era algum tipo de teste. E se ela estivesse certa?

Baz molhou os lábios nervosamente e abaixou a voz:

— Eles cortavam seus cabelos. Essa sempre foi a primeira parte do ritual, certo? Cortar o cabelo e trançar para mostrar sua intenção, sua lealdade a Satã.

— Diziam os encantamentos e afogavam as crianças no lago — completou Isabel. — Certo?

— Mariana, você mesma disse na igreja: superstições têm poder.

Por isso são difíceis de desaparecer — acrescentou John. Ele estava andando de um lado para o outro.

— Acho que decidiram voltar aos velhos tempos — falei. — Os velhos e malvados tempos. Hoje, juro que vi alguém usando um manto vermelho na igreja...

Vasul balançou a cabeça.

— Ninguém mais usa vermelho neste vilarejo. Não desde os velhos tempos. É considerado má sorte, como tentar o diabo.

— Eu vi — insisti, mas agora não tinha mais tanta certeza.

Estava acusando a mãe de Mariana de uma coisa horrível. Por um lado, esperava estar certo, para não achar que estava louco; por outro, esperava que estivesse errado porque era uma coisa terrível de se imaginar.

— Poe não foi o único. Estávamos todos lá. Aqueles *garotos*... — Isabel tropeçou nas palavras. — O que quer que sejam... eles estavam nos avisando!

Vasul e Mariana se aproximaram, sussurrando em sua própria língua. Não podia ler suas expressões. Estavam assustados? Chateados? Furiosos? Será que ao menos acreditavam em mim? Eles se abraçaram, e então Mariana se virou para nós. Seus olhos estavam escuros como as sombras da noite que obscureciam o quarto.

— Se o que estão nos contando for verdade, temos que ir embora o mais rápido possível. Temos que pegar as crianças...

— Não sobrevivi à London School of Economics para terminar num lago. — Vasul tentou brincar, mas seu sorriso era um fantasma.

— Mariana, sua mãe cortou o cabelo de mais alguém? — perguntei.

— De todos nós. Todos os jovens — sussurrou ela.

— Temos que avisar aos outros — disse Vasul para ela em voz baixa.

Ela o olhou por um bom tempo.

— Nenhum dos mais velhos consegue ficar acordado depois das onze, onze e meia da noite. Essa é nossa vantagem. Vamos reunir as crianças e levá-las para a igreja por volta da meia-noite. Quando tivermos certeza de que é seguro e que não há nenhum dos mais velhos por perto, daremos o sinal: uma lanterna na janela da frente. Vai ser rápido, então é bom prestarem atenção. Não podemos arriscar ter que fazer duas vezes. Quando a virem, venham voando para a igreja.

— E depois? — John pressionou.

A boca de Mariana estava apertada numa linha fina e séria.

— Depois, damos o fora daqui.

Tentamos agir normalmente. Durante o jantar, nos sentamos na taberna, empurrando a carne em nossos pratos com pão. Se os mais velhos perceberam alguma coisa, não comentaram. Depois subimos até nosso quarto para nos sentar à janela com vista para a igreja na frente da sinistra floresta, e esperamos. A lua subiu, uma ferida vermelha no céu escuro. Nunca tinha visto uma lua daquela cor antes. Era exatamente o tipo de visão que esperávamos encontrar e tirar fotos para colocar em nossas páginas da internet — INCRÍVEL LUA VERMELHA SOBRE NECURATUL! Mas, nesse momento, isso só conseguia me dar calafrios.

— Que horas são? — perguntou Isabel.

— Meia-noite — respondi.

— Cadê o sinal? — Baz observava a cidade acalmada pela noite.

— Talvez devêssemos simplesmente ir embora — disse John. — Eles sabem se virar.

— A gente prometeu — falei, mas honestamente, também queria correr.

Meu relógio avançou cinco minutos; depois, dez. Cada segundo parecia uma eternidade. Finalmente, uma luz branca piscou da janela da frente da igreja, uma vez, exatamente como Mariana tinha dito.

— Vamos lá — falei.

Descemos as escadas com nossos sapatos nas mãos, tomando cuidado para não fazer nenhum barulho. Um resto de luz de velas vinha da cozinha. A mãe de Mariana, o dono da taberna, a velha senhora do portão e vários outros idosos estavam sentados à mesa. Suas vozes eram apressadas e urgentes, tipo quando seus pais estão brigando e não querem que você saiba. Prendemos a respiração. Como conseguiríamos passar sem sermos vistos? Gesticulei para Izzie ir primeiro. Ela chegou até a porta e gentilmente levantou o trinco, abrindo apenas um pouco. Depois, John andou na ponta dos pés, seguido por Baz. Uma rajada de vento bateu a porta, fechando-a atrás dele.

Cadeiras se arrastaram pelo chão da cozinha. A mãe de Mariana e o dono da taberna se apressaram até a porta. Eu me encolhi e me escondi nas sombras da escadaria. Satisfeitos por tudo estar em ordem, os velhos voltaram à cozinha e à discussão. Independentemente do que estivessem falando, estavam cheios de paixão e fervor, e a mãe de Mariana parecia estar convencendo os outros a fazer alguma coisa. Eu não ia ficar ali para escutar mais. Rapidamente me esgueirei para fora atrás dos meus amigos, e corremos até a igreja pelas ruas vazias, as casas escuras como guardas adormecidos que poderiam acordar a qualquer momento. No alto da colina, a igreja se agigantava.

A porta estava entreaberta, então entramos. Algumas velas queimavam nos fundos da igreja, mas o alcance de sua luz não era muito grande. Eu não via ninguém.

— Mariana? — sussurrei alto dentro da escuridão. — Vasul?

Um gemido suave veio da frente da igreja. Nós o seguimos.

— Está vindo de trás do iconóstase — falei. Dessa vez, a porta se abriu com facilidade.

— Puta... — começou Baz. Essa parte da igreja também era pintada. Mas havia uma história diferente nessas paredes. Assassinatos. Enforcamentos. Linchamentos. Inimigos crucificados de cabeça para baixo. A terrível cabeça de bode — a Alma de Necuratul que supostamente havia sido destruída — tinha sido arrumada dentro de um nicho na parede como uma relíquia preciosa. Uma vela ardia abaixo dela, jogando luz para cima, fazendo os olhos ocos parecerem vivos com um estranho fogo. As mechas dos cabelos das crianças caíam no chão e se empilhavam aos montes.

O gemido se repetiu. Izzie acendeu sua lanterna e a apontou em volta. A luz caiu sobre o altar. Mariana tinha sido amarrada e estava estirada ali. Mesmo amordaçada, tentava se comunicar conosco. Ou gritar seria a descrição mais adequada. Ela estava olhando para alguma coisa bem atrás de nós.

Eu nunca cheguei a ver o golpe vindo.

Acima de mim, o teto da igreja entrou em foco. Aquelas crianças se encolhendo de medo no lago, seus pais preparando as pedras para usarem como peso nos pés delas. Minha cabeça parecia ter sido arrastada pelo asfalto por 1 quilômetro.

— Está me ouvindo? — Era a voz de Mariana.

Minha cabeça latejava enquanto me virei em sua direção. Mariana estava a alguns centímetros de distância, um borrão vermelho. Pisquei, e ela entrou em foco. Ela usava um manto vermelho com capuz.

— É chamado de uniforme do diabo — disse ela, como se eu tivesse feito uma pergunta. — Foi usado pelo padre que consagrava o sacrifício para o Senhor das Trevas. É claro, tradicionalmente o padre era homem, mas estamos tentando unir o progresso às tradições nesse caso.

Tentei me mover e descobri que minhas mãos estavam amarradas e uma corda tinha sido apertada em volta de meus tornozelos. O mesmo tinha acontecido com meus amigos. Todos os jovens estavam à nossa volta. Nenhum dos mais velhos estava presente. Era um público de apenas menores de 25 anos. As crianças tinham sido reunidas e trazidas. Elas pareciam sonolentas e curiosas, como se aquilo fosse algum tipo de jogo de que estavam participando, mas ainda não tinham conseguido entender as regras.

— O que está fazendo? — perguntei.

— Consertando as coisas. Salvando Necuratul antes que seja tarde demais — respondeu Mariana.

— Os mais velhos. Eles te obrigaram a fazer isso? Estão forçando você a...

Todos riram.

— Os mais velhos? Forçando-nos? Eles imploraram para que não o fizéssemos! Cada um deles estava pronto para fazer as malas e abandonar Necuratul, para deixar os empreiteiros e o "progresso" ficarem com tudo. Para serem extintos por pessoas com mais poder que nós.

"'Deixem para lá', imploraram. 'Apreciem o que têm'. Mas nós vimos o mundo. Sabemos que apenas os poderosos são respeitados e salvos.

Ela deu as mãos com Vasul e Dovka, e continuou:

— Então começaremos a tradição de novo. Mas modernizamos. Por que sacrificar nosso povo quando podemos sacrificar outros?

Dovka cortou um pequeno pedaço de cabelo de cada um de nós.

— Assim que trançarmos seus cabelos na cabeça do bode, suas almas estarão prometidas para o outro mundo.

— Mas isso não é justo — disse Isabel. — Não tivemos escolha.

— A vida não é justa — respondeu Dovka.

John estava suando intensamente.

— Olhe, meus pais são ricos. Eles pagariam qualquer resgate.

— John, o que você está fazendo, cara? — rosnou Baz.

— F-foi mal, primo — gaguejou ele.

— John — repetiu Baz, mas parou por ali.

Mariana olhou de John para nós e, então, de volta para ele.

— Você estaria disposto a deixar seus amigos, seu próprio primo, para enfrentarem seus destinos sozinhos?

John não olhava para a gente.

— Não machuque Isabel.

— John... — começou Isabel, mas depois parou.

— A decadência da civilização, o fim da tribo. Não há lealdade — disse Vasul. — Assim é o mundo.

— Na boate onde trabalho existem muitos riquinhos entediados. Totalmente autoritários. Sempre procurando aquela próxima emoção para conversar enquanto tomam cerveja. Iguaizinhos a esse aqui. — Dovka escarneceu.
— Não quis desrespeitar — explicou John.
Mariana refletiu durante um minuto.
— Muito bem. Pode fazer parte da nossa nova tradição.
— O que você quiser. Eu faço.
— Bom ouvir isso. — Ela inclinou a cabeça, e Dovka tirou uma lâmina de seu bolso e se moveu tão rápido que eu mal tive tempo de registrar o que estava acontecendo. Espero que tenha sido o mesmo caso com John. Isabel gritou o nome dele, que, quando vi, estava caído no chão, sem vida, e o restante deles estava respingado de sangue.
— Meu Deus, meu Deus, meu Deus — lamentou Baz.
Ele fechou seus olhos e começou a rezar em hebraico, apesar de eu saber que ele não frequentava o templo desde seu bar mitzvah. Esse era o tipo de medo que fazia você fingir que existia um deus para salvá-lo. O tipo que deixava tudo tão nítido que você conseguia ver um amigo morrer e, ainda assim, escutar um rato correndo no canto e o vento soprando ao lado da igreja.
Isabel tinha ficado em silêncio.
Mariana colocou a mão na cabeça de John.
— Oferecemos não apenas nossa lealdade, mas também esse sangue, Ó, Senhor, como a promessa de nossa lealdade. De agora em diante, vamos sempre fazer tais ofertas. É um novo mundo, e isso pede novos compromissos.
As crianças se agruparam. Pareciam assustadas. Dovka falava suavemente com elas, que se acalmaram. Ela

mandou que trançassem nossos cabelos na cabeça do bode, e elas obedeceram sem fazer nenhuma pergunta. Dovka disse algo em Necuratuli.

— Para provar nossa lealdade — traduziu ela, olhando para nós.

Mariana abriu o antigo livro de ritos e começou a ler numa língua que demandava atenção, uma língua que tocava seus ossos, fazia seu coração acelerar, sussurrava para todos aqueles lugares internos que escondem seus piores pensamentos, seus mais terríveis medos. Era uma evocação, um chamado. Uma nomeação. Quando ela terminou, fechou o livro e nos forçou a ficar de pé. As crianças tinham terminado sua macabra tarefa, e o grupo de Mariana amarrou Baz, Isabel e eu juntos. Nossas mãos foram apertadas até doer. Outra corda foi amarrada em volta de nossas cinturas, e Dovka segurou a folga. Vasul e os outros garotos carregaram o corpo de John nos ombros como se carregassem um caixão.

Nesse momento, a porta da igreja se abriu. Os mais velhos bloquearam a saída com suas pás e lanternas. A mãe de Mariana falou severamente com a filha, que respondeu em inglês.

— Não vamos parar, Baba. Esse é o futuro. Nos 130 anos desde que a vila parou com os sacrifícios, as coisas só pioraram. É hora de recomeçar. Nossa geração vai ter de tudo.

O dono da taberna segurou o pulso de Mariana, mas ela se libertou rapidamente.

— Tio Sada, não pode nos impedir. Deveria nos agradecer em vez disso. Estamos salvando o vilarejo — insistiu Mariana.

— Vocês vão amaldiçoar todos nós — respondeu ele em inglês, surpreendendo-me.

Os mais velhos correram na direção deles, mas não estavam em número suficiente nem eram fortes o bastante para impedir o que estava acontecendo. Os mais jovens os seguraram com facilidade.

— Agora iremos até o lago — ordenou Mariana.

O grupo nos empurrou pela vila, com os mais velhos seguindo e implorando. Deixamos eles parados do outro lado do muro. Pareciam preocupados, como pais mandando os filhos para o baile de formatura em vez de um assassinato ritualístico a sangue-frio.

Dovka nos puxou atrás dela para o meio da floresta. Se diminuíssemos a velocidade, ela puxava com força a corda em nossas cinturas, e atropelávamos uns aos outros. Tentar revidar estava fora de cogitação. A noite parecia quente e opressiva. Ela apertava nossos pulmões, fazendo-nos suar enquanto andávamos pela floresta amontoados. Alguém começou a cantar. Rolling Stones. "Sympathy for the Devil."

— Pleased to meet you, hope you guess my name...

Algumas pessoas riram, como se fosse um trote de faculdade, um bando de garotos prontos para aprontar com os amigos. Até tentei dizer a mim mesmo que se tratava daquilo — qualquer coisa para racionalizar o que estava acontecendo. Mas, então, eu me lembrava da lâmina na garganta de John e me enchia de terror mais uma vez. A cantoria ficou mais alta, e Vasul mandou que calassem a boca. O corpo sem vida de John estava deitado no ombro de Vasul. Continuamos em silêncio, com as lanternas iluminando o caminho. O lago, com sua cobertura de neblina, apareceu. Dovka encheu nossos bolsos e camisas com pedras pesadas e nos empurrou até a água fria e negra.

— Vão mais para o meio — falou Mariana, apontando uma arma em nossa direção. Tropeçamos para trás até só nossas cabeças ficarem visíveis. — Aí está bom. Agora esperem.

— Eu n-nunca sentarei no conselho estudantil para estudar — gaguejou Isabel em meio às lágrimas. — Nunca irei a uma festa de faculdade ou namorar um irlandês chamado Declan.

— Garotos chamados Declan são uns babacas! — Tentei brincar, mas soou vazio.

Baz tinha parado de rezar. Durante os quatro anos em que fomos amigos, ele nunca ficara tão quieto, tão imóvel.

Vasul e seus amigos deitaram o corpo de John no chão.

— Por que estamos esperando? — perguntou um deles. — Vamos fazer isso logo.

— Fizemos a oferenda. Resta a Ele aceitá-la — disse Mariana, determinada.

À distância, eu podia ouvir os mais velhos cantando as antigas canções, melodias esqueléticas sobre nada para disfarçar o desespero. Hinos fúnebres. Minha avó dizia que, quando seu pai sucumbiu à disenteria no campo, sua mãe cantou até a voz falhar. Como se fosse a única coisa que lhe restasse.

A noite continuou. A água gelada nos deixava dormentes, e os dentes de Isabel estavam batendo. Tentei movimentar meus dedos apenas para a circulação não parar, qualquer coisa para evitar perder os sentidos ou adormecer e afundar. Primeiro, contava em silêncio, tentando evitar que minha mente escapasse para lugares sombrios, mas quando cheguei a 2.083, não conseguia mais me lembrar do que vinha em seguida, e aquilo me assustou tanto que parei.

Depois de um tempo, Dovka ficou entediada e começou a conversar sobre remixes. Alguém mastigava chiclete e ofereceu um pedaço aos outros. Uma garota bateu num inseto em seu braço e o afastou. Era tudo tão normal. Só uma lista de afazeres que incluía assassinato. E eu me perguntei o que havia acontecido, o que havia ligado aquele interruptor no cérebro humano que permitia às pessoas racionalizar tais atrocidades, tanto faz se fosse racismo, terrorismo, genocídio, ou afogar pessoas com quem você havia tomado vinho, enchendo seus bolsos de pedras pesadas que você mesmo recolheu e distribuiu.

Debaixo d'água senti Isabel segurando minha mão, e fiquei feliz por senti-la. Parecia a única coisa da qual eu podia ter certeza naquele momento.

— D-desculpe por ter colocado aquele toque da Celine Dion no seu celular aquela vez — disse ela.

— Foi você?

— Sim.

— Você não presta.

— É. — Sua risada virou um choro.

Subitamente, Mariana ficou mais atenta e gesticulou para os outros:

— Está começando.

A névoa ficou mais espessa, e surgiu um forte cheiro, enxofre, que fez com que eu me sufocasse. Bolhas se formaram na superfície do lago, e ele ficou notavelmente mais quente. Desconfortável, como uma sauna. A lama debaixo de nossos pés parecia estar cedendo um pouco. Baz estava afundado só até o pescoço, mas a boca de Isabel já estava debaixo d'água, e eu não estava muito longe disso. Ela inclinou a cabeça para trás, tentando desesperadamente manter o nariz para fora, e Baz e eu nos apertamos em volta dela o máximo que podíamos para mantê-la de pé. Mas isso era difícil com nossas mãos amarradas para trás. Isabel entrou em pânico e quase nos afundou junto enquanto se debatia.

— Segura aí, Iz — falei, levantando-a com meu ombro. — Não a deixe cair, Baz.

Em resposta, ele deu um impulso de lado nela.

A lama cedeu um pouco mais, e a água rodopiava à nossa volta. Isabel agora estava chorando e soprando bolhas, cuspindo água.

Mariana e os outros eram como fantasmas na margem, contornados por árvores devastadas.

— Necuratul, Necuratul, Necuratul — cantavam.

Alguma coisa estava vindo da floresta. Escutei sons de estalidos, e o cheiro de enxofre ficou mais forte. Mal conseguia respirar.

Gritei quando senti alguma coisa se esfregando em mim debaixo da água negra.

— O que foi isso? — gritou Isabel.

O empurrão veio de novo, nos lançando para a frente dessa vez. Tropecei, e Baz puxou a corda, mantendo nós três eretos. O movimento estava por toda a parte e ao mesmo tempo. O vento aumentou.

— Vingança — sussurrou ele.

Alguma coisa me empurrou de novo. Então, vimos as cabeças subindo do lago profundo e escuro, os olhos mortos envoltos por sombras, as bocas abertas onde larvas e pequenas cobras rastejavam. Elas passaram por nós até a margem, e a névoa aumentou ainda mais. Era difícil enxergar. Gritos ecoavam pela floresta. Berros. Não eram em inglês, mas eu não precisava de tradução. Era a língua do medo.

— V-vamos! — Puxei a corda que amarrava a mim e meus amigos.

Nossos bolsos e camisas ainda estavam pesados pelas pedras, e nossos membros estavam quase congelados por estarem tanto tempo dentro da água. Cada passo era difícil. Cambaleamos para fora do lago e caímos no chão. Nossos corpos estavam pesados demais para ir muito longe. Estendi meus dedos até os bolsos de Isabel, ignorando a queimação dolorosa da corda apertando mais meu pulso. Só consegui tirar duas pedras. Ela tentou fazer o mesmo em mim, mas não alcançou. Um grito agudo veio de algum lugar de dentro da floresta, e minha respiração acelerou.

— Vamos, vamos, vamos — disse Isabel, quase como se estivesse implorando a si mesma para levantar.

— L-levantem. Até as árvores — gaguejei. Estava com muito frio para dizer algo mais.

Nos esforçamos até ficar de pé e fomos até a floresta aos pulos. A neblina estava densa. Ela nos dava alguma cobertura, mas também escondia o que quer que estivesse acontecendo por trás de seu véu escuro, e essa ideia me fez pular mais rápido, forçando os outros a me acompanharem. Depois de alguns metros, chegamos até uma daquelas árvores afiadas e mortas.

— D-deitem — falei.

Cheguei perto o bastante para usar a ponta afiada de um galho a fim de cerrar as cordas em volta de minhas mãos, depois desamarrei meus amigos.

— Ai! Deus! — exclamou Isabel, de olhos arregalados.

Segui sua linha de visão e, pela névoa, vi o rosto horrorizado de Mariana. Atrás dela, a floresta estava cheia das crianças de Necuratul, pálidas, havia muito tempo mortas, metade comidas pela vegetação e em busca de justiça. Avançavam lentamente, as migalhas de pão caindo de suas bocas. Elas avançaram sobre Vasul, devorando-o até não sobrar nada. Depois, viraram-se para Dovka. Ela gritou e se debateu enquanto a arrastavam para o lago, e continuou gritando até sua boca estar cheia de água e ela desaparecer embaixo da superfície escura. Mariana tentou fugir. Foi impedida por várias crianças-fantasmas que a seguraram com força. A garota de olhos fundos, que tinha nos levado até a floresta naquela manhã, colocou suas mãos em cada lado do rosto de Mariana. Onde suas mãos tocavam, a pele de Mariana ficava da cor de folhas putrefatas. Ela não podia nem gritar enquanto a podridão se espalhava rapidamente por seu corpo. A menina morta soprou gentilmente, e o corpo decadente de Mariana se desintegrou numa pilha de folhas molhadas que ficaram amontoadas aos pés dos mortos.

Eu podia ouvir seus gritos na neblina e distinguir as vozes dos mais velhos. O dono da taberna estava na beirada da clareira, gritando para os mais novos. Eles correram em sua direção, que gesticulou para que os seguíssemos. Alcancei Isabel, que puxou Baz, e, então, nos forçamos a correr em meio a tropeções, nosso medo se esforçando muito para superar o peso de nossas roupas ensopadas e pernas dormentes. Com os gritos dos outros ainda ecoando à nossa volta, mantivemos os olhos na esperança que representava a lanterna dele. Rapidamente, as luzes da vila ficaram mais próximas. O vento acelerou de novo, e eu tive aquela sensação arrepiante na nuca. A floresta brilhava com uma névoa esverdeada; esta diminuiu, e vi que os mortos estavam vindo atrás de nós.

— A alma — sussurravam eles. — Nos deem a alma.

A aldeia estava visível. A velha mulher que guardava o portão gritava palavras que não entendíamos e jogava sal para todos os lados. As crianças correram na frente, e ela as empurrou para dentro do portão. Eu olhei para trás quando o dono da taberna gritou. Ele tinha escorregado e caído, e os de olhos fundos estavam quase chegando nele.

— A alma. — Ele arfou. — Deve queimar.

— Poe! — gritou Isabel, me puxando com ela.

Corremos para dentro do portão, e a velha senhora o fechou com um estrondo e o protegeu com sal. Na floresta, o dono da taberna gritava. Não havia chance de salvá-lo.

— Puta merda! — berrou Baz. Nós três estávamos correndo com o resto dos aldeões até a igreja. — Que diabo ele estava dizendo, Poe?

— A alma deve queimar — repeti.

— Que porra significa isso?

— A cabeça do bode — arfou Isabel. — A Alma de Necuratul.

Mais gritos foram ouvidos. O sal não impediu os mortos. Eles haviam comido o pão. Tinham poderes agora e estavam a caminho.

— Se a queimarmos, isso acaba? — perguntou Baz.

— Só há uma maneira de descobrir — respondi.

Isabel foi a mais rápida. Disparou colina acima até a antiga igreja e logo estava com a porta aberta.

— Venham logo! — gritou.

Eu podia ouvir os passos daquelas coisas mortas entrando no vilarejo, os gritos dos mais velhos que tentavam lutar contra elas, sem sucesso. Chegamos à igreja e entramos com algumas das crianças. Alguns dos mais velhos se apressaram para nos alcançar, mas a escuridão sussurrante pesava sobre eles. Um dos velhos da padaria gritou quando os mortos mostraram seus compridos e brilhantes dentes e arrancaram de seus ossos toda a carne. Duas das crianças se esforçavam para subir a colina. Baz e eu fomos na direção delas, mas não as alcançamos a tempo. Naquele momento, achei que fosse enlouquecer completamente. Fechamos a porta e nos trancamos na igreja escura. Apenas nós, um bando de crianças e a mãe de Mariana contra um exército de mortos. Eles batiam repetidamente na porta, e nos afastamos.

— Parem com essa merda agora mesmo! — berrou Baz. Teria sido engraçado se não estivéssemos completamente apavorados.

A mãe de Mariana abriu a porta do iconóstase e voltou segurando a cabeça de bode, que entregou a mim. Enquanto gritávamos para ela queimar a cabeça, ela tentava nos dizer alguma coisa que não conseguíamos entender. As crianças entendiam, no entanto. Elas correram para os lados procurando por velas, e percebi que pelo menos estávamos de acordo. A mãe de Mariana foi ajudá-las a procurar, enquanto Baz, Isabel e eu ficamos parados na iconóstase. Uma das crianças soltou um grito quando achou uma vela acesa. As batidas lá fora ficaram mais altas. Houve um terrível estrondo, e então os mortos entraram.

A garota de olhos fundos deu um passo à frente. Ela falava em sua língua e na nossa:

— Dê-nos a alma. A dívida deve ser cancelada.

A mãe de Mariana balançou a cabeça para mim, seus olhos grandes.

— Se você queimá-la, estaremos amaldiçoados para sempre — disse a garota morta.

Os mortos cercaram as crianças vivas. A mãe de Mariana olhou delas para a alma de Necuratul em minhas mãos. Ela balançou a cabeça de novo, e a mensagem foi clara: não dê nada a eles, não importa o que aconteça. Mas isso significava desistir das crianças. Eu já tinha visto duas crianças morrerem e não queria ver mais nenhuma passar por *isso*.

— Aqui. Se vocês a querem, venham pegar. — Estendi a cabeça do bode.

— Poe. Não faça isso, cara — implorou Baz. — Não a dê aos mortos fedidos.

— Somos parte disso agora — avisou Isabel. — Nossos cabelos estão nessas tranças.

— Somos parte disso não importa o que façamos — observei. — Se eles podem pôr um fim nisso, então vamos deixar.

A garota de olhos fundos pegou a cabeça de bode com as mãos. Ela mandou que a seguíssemos para dentro da iconóstase, onde ela colocou a cabeça no altar e falou em tons abafados. A cor inundou o rosto dos mortos, e as sombras sob seus olhos desapareceram. E, então, com pequenos e contidos suspiros, muitos deles desapareceram em finas nuvens de fumaça.

Subitamente, a garota parou de falar. Ela parecia estar com medo. Deu um passo para trás na hora em que o altar pegou fogo e alguma coisa subiu do meio das chamas. Era um homem imenso, mais lindo que qualquer pessoa que eu já vira, homem ou mulher. Tinha cabelo comprido e negro, uma pele como mármore e asas como as de um anjo, mas seus olhos eram sombrios como o lago onde quase havíamos nos afogado. Seus lábios se esticavam num sorriso cruel; seus dentes eram afiados. E, quando virei minha cabeça ligeiramente, ele parecia ter a cabeça de uma besta, com enormes chifres enrolados de cada um dos lados.

— A dívida está paga! — insistiu a garota de olhos fundos.

— A dívida nunca está paga — grunhiu o anjo-besta numa voz que parecia com milhares de moscas escalando meu corpo. Ele erguia-se muito acima de nós. Chamas lambiam as paredes douradas. Os murais pingavam tinta, e eu podia ouvir gritos vindos daquelas pinturas. Os mortos que permaneciam começaram a derreter como cera, virando poças no chão e deslizando pela igreja. A garota gritou, e aquilo foi suficiente para mim.

— Corram — berrei. — Vão!

Disparamos para as portas e as empurramos para sair através da fumaça sufocante. Cada pedaço de Necuratul estava queimando. Subitamente, a garota de olhos fundos estava parada à nossa frente. Eu freei. Mas ela gesticulou para que a seguíssemos, e nos levou até a floresta. Atrás de nós, podíamos ouvir a besta gritando. O fogo estava em nossas costas e se aproximando, e eu tive medo de que a floresta inteira se incendiasse, criando uma armadilha para nós.

Finalmente chegamos a um lugar de onde se podia ver a ponte abaixo de nós. Ela estava parcialmente submersa, mas ainda era visível. Dava para atravessá-la. A garota apontou em sua direção.

— Não posso ir mais longe — disse ela.

Eu não sabia o que dizer, então apenas assenti enquanto Isabel e Baz ajudavam a mãe de Mariana e as crianças a descerem a colina.

— Poe! — gritou Isabel do meio da ponte.

A garota de olhos fundos se aproximou. Meu coração martelava no peito. Iluminada por trás pelas chamas, ela parecia frágil. Ela se aproximou e me beijou na boca, e alguma coisa mudou dentro de mim como aconteceu quando bebi o vinho batizado.

— Você consegue ver o que vive no escuro — disse ela. — Não se esqueça. — O fogo engoliu uma árvore. As faíscas caíram em minha manga, e eu tive que esfregá-las para apagar. Isabel e Baz estavam gritando para mim.

— Vá — disse ela. Seu corpo começou a se transformar. A se mover. Como se alguma coisa estivesse tentando sair. Então, sua pele explodiu, e milhares de pequenas mariposas saíram em espirais, suas asas como claras cicatrizes contra o laranja-azulado do fogo, o sangue da lua, e, de repente, elas sumiram. Corri para a ponte, e todos a atravessamos em segurança.

Demorou a noite inteira e a maior parte do dia seguinte para chegarmos de volta à estação de trem, onde o agente disse que tinha sido um milagre termos sobrevivido ao fogo. Toda a área em volta de Necuratul tinha sido queimada. Não sobrou nada além de troncos enegrecidos de árvores e cinzas. Foi tudo tão danificado que nem sabiam mais se conseguiriam construir a usina ali. Isso que é ironia.

O agente da estação envolveu nossas costas com cobertores e nos ofereceu xícaras de chá forte. A certa altura, a mãe de Mariana veio até mim, encarou meus olhos por um tempo, e transferiu seu pingente de olho do mal de seu pescoço para o meu. Então se afastou para cuidar das crianças. O agente da estação não fez nenhuma pergunta. Entregou a nós três um maço de passagens e nos colocou no próximo trem. E todos eles ficaram na raquítica plataforma de madeira observando nosso trem se afastar, como se quisessem ter certeza de que cada pista de nossa existência havia ido embora.

Baz e Isabel dormiram bastante. Toda vez que eu fechava os olhos, via aqueles rostos mortos, Mariana apodrecendo e o anjo-besta se erguendo acima de nós como ameaça de algo por vir — e, em seguida, acordava arfando. Estava tarde, e resolvi ir à lanchonete do trem. Pedi um salgado e café preto, e me sentei ao lado da janela para assistir à noite se arrastando.

— Eu disse a você que o salgado era velho, não disse?

A Sra. Smith tinha se sentado ao meu lado. Ela abriu sua bolsa e tirou um pedaço de queijo, me oferecendo um pouco. Sacudi a cabeça.

— Agora você viu — disse ela, em voz baixa. — Agora você sabe.

—É? E que diabos devo fazer quanto a isso?

— O que você acha? Combata os filhos da mãe.

Eu a encarei.

— E como?

— Não pode lutar contra todo o mal de uma vez. Isso foi apenas um pequeno teste. Existem maiores por vir, Poe Yamamoto.

Virei o rosto.

— Não quero isso.

— Quem iria querer? — Ela fechou a bolsa e se levantou para sair. — Não perca meu cartão. Ele foi feito em relevo. Não foi barato.

— O que vai acontecer? — perguntei, mas ela já estava atravessando o vagão, cantando uma música que eu podia jurar que era "Highway to Hell", do AC/DC.

Enfim, não sei se você ainda está assistindo a isso ou não. Talvez tenha clicado em outra coisa — um vídeo de um gato preso num ventilador de teto ou numa entrevista da

San Diego Comic-Con. Talvez ache que eu tenha inventado esta história e que não existe nada lá fora no escuro a não ser o que nossas mentes criam quando estamos em busca de aventura.

Mas, se ainda estiver assistindo, quero dizer uma última coisa: na viagem de volta no trem, tive um sonho. Estavam eu, Baz e Isabel, e aquela neblina tinha subido bem rápido. Eu não podia ver o que estava à nossa frente, mas sentia como se ela pudesse nos ver. E, então, vi John. Seus olhos eram como piscinas negras. Uma cicatriz entrecortada em meio círculo formava um sorriso raivoso em sua garganta. E seus dentes estavam afiados como os da besta.

— Existe tanta coisa do outro lado — sussurrou ele para mim. — Coisas que você nem imagina. Existe muito mal para enfrentar por aí, Poe. Você não faz ideia.

Ele não estava brincando.

Vou tentar manter essa conta ativa, atualizar quando puder. Assim, saberão tudo o que sei. Mas, agora, preciso ir. Baz e Isabel não podem segurar aquela porta para sempre, a não ser que você saiba de alguma coisa sobre lobisomens superpoderosos e possa me mandar uma mensagem nesse exato segundo, vou ter que ir nessa.

Só fiquem espertos, OK? Confiem no lagarto, meus amigos. Alguma coisa está acontecendo. Alguma coisa grande. Já começou.

Estejam preparados.

Este livro foi composto na tipologia
Sabon LT Std, em corpo 11/16, e impresso em
papel off-white no Sistema Cameron da
Divisão Gráfica da Distribuidora Record.